W9-CPC-085

Bienaventurados los sedientos

Bienaventurados los sedientos

Anne Holt

Traducción de Mario Puertas

rocabolsillo

Título original: *Salige er de som tørster...*
© Anne Holt, 1994

Published by agreement with Salomonsson Agency

Primera edición en este formato: mayo de 2012

© de la traducción: Mario Puertas
Agradecimientos a Jesús Viadero por su
inestimable asesoramiento técnico-policial.

© de esta edición: Roca Editorial de Libros, S. L.
Av. Marquès de l'Argentera, 17, pral.
08003 Barcelona
info@rocabolsillo.com
www.rocabolsillo.com

© Diseño de cubierta: Mario Arturo
© Fotografía de cubierta: Lars Kristian Boquist

Impreso por Liberduplex, s.l.u.
Crta. BV-2249, km 7,4, Pol. Ind. Torrentfondo
Sant Llorenç d'Hortons (Barcelona)

ISBN: 978-84-92.833-73-3
Depósito legal: B. 4.979-2012
Código IBIC: FF

A Even, mi amigo y hermano.

Bienaventurados los que tienen hambre y sed
de justicia, porque ellos serán saciados.

MATEO 5.6

Domingo, 9 de mayo

*E*ra tan pronto que ni al propio diablo le habría dado tiempo a ponerse los zapatos. Hacia el oeste, el cielo mostraba ese intenso color con el que solo el firmamento primaveral escandinavo puede ser bendecido: azul real en el horizonte y más claro en el cénit, hasta formar capas rosas al este donde el sol todavía se resistía. De momento, el aire seguía inalterable, sin rastro del amanecer y con ese extraño trasluz que confieren los hermosos días de primavera a casi sesenta grados norte. Aunque la temperatura mostraba un solo dígito, todo hacía presagiar el advenimiento de otro día de mayo caluroso en Oslo.

La subinspectora Hanne Wilhelmsen no pensaba en el tiempo, permanecía inmóvil preguntándose lo que tenía que hacer. Había sangre por todas partes, en el suelo, en las paredes; incluso en el techo rústico aparecían manchas oscuras como imágenes abstractas de algún test psicológico. Ladeó la cabeza y clavó su mirada en una mancha situada justo encima de ella. Tenía la apariencia de un toro de color púrpura con una cornamenta de tres astas y la parte trasera del cuerpo deforme. No se movió ni un milímetro de su sitio, no tanto debido a su indecisión, sino por temor a patinar sobre el suelo resbaladizo.

—No toques nada —advirtió bruscamente, en cuanto un joven colega, cuyo color de pelo se confundía con el singular entorno, hizo ademán de querer tocar una de las paredes.

Una fina brecha en el decrépito techo permitía el paso de un rayo de luz polvoriento hacia la pared trasera, donde la sangre estaba tan copiosamente esparcida que no recordaba a ningún dibujo, sino un pésimo trabajo de brocha gorda.

11

—Sal de aquí —le ordenó, aguantando un suspiro descorazonador al observar todas las huellas que el policía inexperto había dejado sobre gran parte del suelo—. E intenta volver sobre tus pasos cuando salgas.

Al cabo de un par de minutos, ella hizo lo propio, caminando vacilante hacia atrás. Se quedó quieta en el vano de la puerta tras mandar al oficial de policía por una linterna.

—Salí a mear —dijo con voz chillona el hombre que había dado la alarma.

Había esperado obedientemente en el exterior del cobertizo, pero ahora no paraba quieto, lo que hizo sospechar a Hanne que no había conseguido su objetivo.

—El retrete está ahí —señaló el hombre con el dedo, aunque sobraba el gesto. El fuerte vaho que emanaba de una de las muchas letrinas que aún perviven en Oslo camuflaba el empalagoso y dulce olor a sangre. La garita con el corazoncito en la portezuela estaba puerta con puerta.

—Entre y alíviese —le dijo en un tono amigable, pero él no la oyó.

—Salí a echar un pis, ¿sabe?, pero entonces vi que la puerta de al lado estaba abierta.

Señaló la pequeña leñera, titubeó y dio un paso atrás, como si encerrara un temible animal que estaba a punto de asomar para arrancarle el brazo de un bocado.

—Suele estar cerrado; no con llave, pero cerrado. La puerta es tan pesada que se queda abierta. No queremos que se cuelen perros o gatos sueltos, así que somos bastante estrictos con eso.

Una extraña y leve sonrisa se dibujó en el rudo y áspero rostro. Ella tenía que entender que «también cuidaban de estas cosas en esta barriada». Tenían reglas y mantenían el orden, aunque su lucha contra el deterioro y la ruina estaba perdida.

—He vivido en este inmueble toda mi vida —prosiguió, con un atisbo de orgullo—. Me doy cuenta enseguida cuando algo no cuadra.

Levantó rápidamente la mirada hacia la joven y guapa agente, que no se parecía a ningún otro policía que hubiera visto antes, como si esperara un reconocimiento mínimo por su parte.

—Estupendo —contestó, elogiando al hombre—. Me parece muy bien que nos llamara para advertirnos.

Al sonreír con la boca bien abierta, ella pudo constatar que apenas le quedaban dientes. Era bastante llamativo, porque no parecía mayor; tal vez, unos cincuenta.

—Como comprenderá, me asusté, toda esa sangre... —Balanceaba la cabeza de un lado a otro para hacerle comprender lo terrible que había sido toparse con una visión tan macabra.

Ella lo entendió perfectamente. El colega pelirrojo volvió con una linterna y Hanne la agarró con las dos manos. Dejó que el haz de luz recorriera sistemáticamente las paredes de un lado a otro y de arriba abajo. Luego examinó el techo lo mejor que pudo, teniendo en cuenta lo incómodo de su posición, en el umbral de la puerta, y acabó repasando el suelo con movimientos zigzagueantes.

El cuarto estaba del todo vacío, ni siquiera un pobre leño, tan solo porquería y serrín por el suelo, que confirmaba para qué había servido en su día el tinglado, y de eso hacía mucho tiempo. Cuando hubo peinado con el haz de luz cada metro cuadrado, volvió a entrar con sumo cuidado para no pisar sus propias huellas. Un movimiento de la mano impidió que su compañero la siguiera. Se puso en cuclillas al alcanzar el centro del habitáculo, que medía unos quince metros cuadrados. La ráfaga de luz iluminó la pared que tenía enfrente, aproximadamente a un metro del suelo. Situado cerca de la puerta, pudo discernir algo que parecían letras dibujadas en la sangre que había seguido resbalando por la pared, lo que dificultaba la comprensión de aquellos signos.

No eran letras, eran números: ocho cifras. Estaba bastante segura de poder leer «92042576», aunque el nueve era borroso y podía ser un cuatro. El último número parecía ser un seis, pero no estaba segura, tal vez fuera un ocho. Se incorporó y retrocedió hacia la luz del día, que mostraba ahora todo su esplendor. Desde una ventana abierta del tercer piso, llegaba el llanto de un bebé; se estremeció al pensar que un niño tuviera que vivir en un barrio como aquel. En ese momento, un paquistaní con uniforme de trabajador del tranvía salió del edificio de ladrillo al patio y los miró un instante con cierta curiosidad hasta que recordó que tenía prisa y prosiguió ligero por el zaguán. El sol trepaba por las ventanas superiores de la vivienda y reflejaba ya su fuerza matinal. Los pequeños pájaros grises que todavía conseguían aguantar paupérrimas condiciones en el núcleo del centro urbano piaban cautamente desde un abedul moribundo que intentaba en vano estirarse hacia la luz del día.

—Joder, debe de ser un pedazo de crimen —dijo el joven policía, escupiendo en un intento de deshacerse del sabor a cloaca—. ¡Aquí ha habido movida gorda!

La idea parecía hacerlo feliz.

—Desde luego —contestó Hanne en voz baja—. Aquí pueden haber ocurrido cosas muy serias. Pero, de momento… —Se interrumpió y se giró hacia su colega—. De momento, no es ningún crimen. Para eso necesitamos una víctima, y no hemos encontrado el menor rastro de algo que pueda parecérsele. Como mucho, es vandalismo, pero…

De nuevo volvió a mirar por la puerta.

—Evidentemente, puede que aparezca algo. Llama a la Policía Científica, es mejor estar seguros.

Un escalofrío recorrió su cuerpo, provocado, no tanto por la brisa matinal como por lo que anunciaba el hallazgo. Se arropó con el abrigo y volvió a agradecer al desdentado por haberlos avisado, antes de caminar sola los trescientos metros de vuelta a la comisaría de Policía de Oslo. Cuando alcanzó la acera al otro lado de la calle, notó el calor de la luz del día. Los gritos mañaneros en urdu, panyabí y árabe la recibieron a la vuelta de la esquina. Un quiosquero estaba a punto de iniciar un nuevo y largo día de trabajo, sin tener en cuenta ni los horarios eclesiásticos ni las regulaciones de cierre, desplegando a lo largo de la acera todos sus artilugios y estantes. Le brindó su sonrisa franca y blanca, ofreciéndole una naranja y levantando las cejas a modo de pregunta. Hanne negó con la cabeza y le sonrió en agradecimiento. Un grupo de chavales, de unos catorce años, traqueteaba por la acera con sendos carritos azules repletos del diario *Aftenposten*. Dos mujeres con velo y con la mirada abatida se encaminaban aprisa hacia algún que otro destino y se cruzaron con aquella policía haciendo un gran arco, pues no estaban acostumbradas a ver una mujer blanca a esas horas de la mañana. Por lo demás, no había ni un alma.

Con este tiempo, hasta el barrio de Tøyen mostraba un aspecto conciliador, casi se diría que tenía cierto encanto.

Sin duda, era el comienzo de un nuevo y hermoso día.

Lunes, 10 de mayo

—¿*Q*ué diablos hacías trabajando el fin de semana? ¿No te parece que ya tenemos bastante curro a diario?

El fiscal adjunto Sand hablaba desde la puerta. Sus vaqueros eran nuevos y, por una vez, llevaba chaqueta y corbata. La americana era algo grande y la corbata ligeramente ancha, aun así tenía buen aspecto. Salvo por el dobladillo del pantalón. Hanne no pudo contenerse, se puso en cuclillas delante de él y dobló con presteza los diez centímetros sobrantes hacia dentro, para dejarlos ocultos.

—No debes ir con el dobladillo hacia fuera. —Le sonrió complacientemente y se levantó. Le alisó la manga hacia abajo con un movimiento leve y cariñoso—. Así, ahora estás estupendo. ¿Tienes que acudir al juzgado?

—No —dijo el fiscal, que, a pesar del gesto lleno de confianza e intimidad, se sintió molesto, pues ella había evidenciado su mal gusto a la hora de vestirse. «Ya podía haberse callado», pensó, pero contestó otra cosa—. Luego, cuando acabe, tengo una cena de trabajo. Pero ¿por qué estabas aquí tú?

Una carpeta verde voló por los aires y aterrizó sobre la mesa.

—Acabo de recibir esto. Un caso extraño. No consta ningún informe acerca de personas o animales descuartizados en nuestro distrito.

—Me pedí un turno extra en la guardia —explicó ella, sin tocar la carpeta—. Allí abajo llevan una larga racha de bajas por enfermedad.

El fiscal, un hombre moreno y bastante guapo que lucía

unas patillas más blancas de lo que suponían sus treinta y cinco años, se dejó caer en el sillón de visitas, se quitó las gafas y las limpió con el extremo de la corbata. No quedaron muy limpias, pero la corbata sí quedó bastante más arrugada.

—Nos han encargado el caso a los dos, bueno, si es que se puede hablar de algún caso. No hay víctima, nadie ha oído ni visto nada, es curioso. Hay algunas fotos ahí —dijo, apuntando a la carpeta.

—Por mí… —Agitó la mano, indicando que prefería no verlas—. Estuve en el lugar: el espectáculo no era especialmente agradable. Pero te voy a decir una cosa —prosiguió, inclinándose hacia él—: en caso de que todo fuera sangre humana, tienen que haber matado allí dentro, al menos, a tres personas. En mi opinión, esto ha sido obra de unos chiquillos que quieren tomarnos el pelo.

La teoría no sonaba inverosímil. La Policía de Oslo estaba pasando la peor de sus primaveras. En el espacio de seis semanas, la ciudad había sufrido tres asesinatos, de los cuales al menos uno auguraba que nunca iba a poder ser esclarecido. Además, durante ese tiempo se dio a conocer la escalofriante cifra de dieciséis denuncias de violación, de las que siete fueron objeto de portadas y crónicas en los medios. El hecho de que una de las atacadas fuera una diputada del Partido Democristiano (de camino a casa tras una reunión nocturna del comité la agredieron brutalmente en los jardines del Palacio Real) no contribuyó a mitigar la desesperación que sentía la gente por la falta de progresos en las pesquisas policiales. Con la inestimable colaboración de los rotativos, los ciudadanos habían iniciado con voz colérica una protesta dirigida a la aparente parálisis operativa en el seno de la calle Grønland, número 44, el cuartel general de la Policía de Oslo. El largo y curvado edificio seguía en el mismo lugar de siempre, inquebrantable y gris, visiblemente indiferente a las despiadadas críticas. Sus ocupantes acudían al trabajo por la mañana, encogidos de hombros y con la mirada abatida. Volvían cada día a sus hogares demasiado tarde, con la espalda inclinada y con nada más que apuntar en su haber laboral que nuevos y falsos indicios. La caprichosa meteorología fastidiaba con temperaturas intensas, más propias del verano. Los toldos curvos de esa colosal construcción colgaban en vano delante de todas las ventanas que daban al sur, confiriéndole un aspecto de gigantesca mole ciega y sorda. En el interior, el ambiente se mantenía a niveles candentes. Nada ayudaba ni nada parecía mostrar el camino para salir de esa ceguera facultativa que se agudizaba en cuanto se tecleaba un nuevo caso en los inmensos sistemas informáticos. Se suponía que los habían instalado para ayudar, pero parecían arrojar toda su hostilidad, casi desdén, cuando cada mañana vomitaban sus listas de casos sin resolver.

—¡Vaya primavera! —dijo Hanne, suspirando de un modo ostentoso y teatral.

Desanimada, alzó las cejas y miró a su superior. Sus ojos no eran especialmente grandes, pero eran de un azul llamativo, con un círculo negro y distinto alrededor del iris, que los hacía parecer más oscuros. El pelo era bastante corto, de color castaño oscuro. Distraída, tiraba de él a intervalos irregulares, como si deseara que fuera más largo y creyese que ayudándolo un poco crecería más rápido. La boca era carnosa y el arco de Cupido cortaba el labio superior, formando casi un labio leporino, y creando así un arco sensual en vez de un defecto. Encima de su ojo izquierdo lucía una cicatriz reciente de color rojo pálido que corría en paralelo con la ceja.

—Nunca he visto nada parecido, aunque solo lleve once años aquí. Kaldbakken tampoco, y lleva treinta. —Tiró de la camiseta para sacudirla—. Y este calor no mejora las cosas. La ciudad entera se pasa las noches sin dormir. Nos vendría de perlas un buen aguacero, al menos así se quedarían en sus casas.

Permanecieron sentados un buen rato, hablando de todo y de nada. Eran buenos compañeros y siempre tenían algún tema que comentar, aunque sabían muy poco el uno del otro: que ambos amaban su trabajo, que se lo tomaban en serio y que uno era más listo que el otro, pero esto no significaba mucho en su relación. Ella era una policía especializada, con una reputación que siempre había sido buena y que el año anterior había alcanzado el estatus de leyenda tras un caso dramático. Él había caminado sin pena ni gloria como jurista mediocre por los pasillos de aquella casa durante más de seis años, nunca brillante, nunca deslumbrante. Sin embargo, con el tiempo había logrado labrarse una reputación de trabajador responsable y cumplidor. Además, también había desempeñado un papel crucial en el mismo caso dramático, un hecho que contribuyó a que su carrera fuera por el camino de la firmeza y de la solidez, y no como antes, cuando deambulaba entre lo gris y lo que carecía de interés.

Tal vez se complementaban y congeniaban porque nunca competían entre sí. Pero era una amistad extraña, encerrada en las paredes de la comisaría. Sand lo lamentaba y había intentado en varias ocasiones cambiar aquella situación. Ya había llovido lo suyo desde que le propuso, así como de pasada, una cena. La negativa había sido tan inmediata y firme que tardaría mucho en volver a intentarlo.

—Bueno, dejemos de lado el trastero ensangrentado durante un rato. Tengo otras cosas a las que hincar el diente.

La policía posó su mano sobre una voluminosa pila de carpetas, colocada encima de una cajonera junto a la ventana.

—Como los demás —replicó el fiscal adjunto, que se dirigió al pasillo, para recorrer los veinte metros que le separaban de su propia oficina.

—¿Por qué no me has traído antes a este lugar?

La mujer sentada al otro lado de la mesa para dos sonreía con un aire de reproche y le cogió la mano.

—Lo cierto es que no sabía si te gustaba este tipo de comida —contestó, visiblemente contento por lo acertado de su elección.

Los camareros paquistaníes, bien ataviados y con un dominio del idioma que hacía sospechar que habían nacido en el hospital de Aker y no en una maternidad de Karachi, les habían guiado amablemente a lo largo de toda la velada.

—El lugar está un poco apartado —añadió—. Aunque, por lo demás, es uno de mis restaurantes favoritos. Buena comida, servicio excelente y precios que casan bien con un funcionario del Estado.

—Así que has estado mucho por aquí —constató ella—. ¿Con quién?

No contestó, pero levantó la copa para ocultar cuánto lo había turbado la pregunta. Todas sus mujeres habían desfilado por este lugar, desde las más efímeras, muchas menos de lo que le gustaba pensar, hasta las tres con quienes había aguantado un par de meses. En todas y cada una de esas cenas había pensado en ella. Se imaginaba cómo sería estar allí sentado con Karen Borg. Lo estaba en este momento.

—No pienses en las que fueron las primeras, concéntrate en ser la última —bromeó al cabo de un rato.

—Eso sí que ha sido elegante —contestó ella, pero la voz encerraba una sombra de... no frialdad, sino de displicencia, algo que le aterraba. Nunca aprendía, siempre tenía que hablar de más.

A Karen no le apetecía hablar del futuro. Llevaban cuatro meses viéndose con cierta frecuencia, hasta varias veces por semana. Cenaban juntos e iban al teatro, salían a caminar por el bosque y hacían el amor en cuanto se presentaba la ocasión, lo que no ocurría con mucha frecuencia. Ella estaba casada, así que su piso no figuraba en la lista. Afirmaba que su marido estaba al tanto de su relación, pero habían llegado a un acuerdo tácito de no quemar todas las naves antes de asegurarse de que era realmente eso lo que ambos deseaban. Evidentemente, podían usar el piso de su colega, algo que él siempre proponía cuando salían juntos, pero ella se negaba en redondo. «Si me voy contigo a tu casa, habré tomado una decisión», declaraba, de un modo ilógico por completo. Håkon opinaba firmemente que la decisión de hacer el amor con él era mucho más dramática que la elección del escenario, pero no le servía de nada.

El camarero se encontraba ya junto a la mesa, con la cuenta, tan solo veinte segundos después de que se la hubieran pedido. Colocó el papel a la vieja usanza, correctamente doblado encima de un platillo y frente al hombre. Karen se apoderó del recibo y él no tuvo el valor de protestar. Una cosa era que ella ganara cinco veces más que él y otra que se lo recordara constantemente. Cuando devolvieron la American Express Oro a su propietaria, él se levantó y le separó la silla. El escultórico camarero pidió un taxi y ella se acurrucó en los brazos de su acompañante en el asiento trasero del coche.

—Me imagino que te irás directamente a casa —dijo, adelantándose a su propia decepción.

—Sí, mañana es día de trabajo —confirmó ella—. Nos vemos pronto, te llamo yo.

Una vez que estuvieron fuera del coche, volvió a inclinarse hacia dentro y le dio un leve beso.

—Gracias por esta deliciosa noche —dijo en voz baja, sonrió discretamente y se retiró de nuevo.

El hombre suspiró y le indicó una nueva dirección al conductor. Las señas mostraban el otro lado de la ciudad: le iba a sobrar tiempo para volver a sentir esa pequeña punzada de dolor que notaba siempre que regresaba a casa solo, tras compartir una noche con Karen.

Domingo, 16 de mayo

—*E*sto sí que es insólito.

En eso Håkon y Hanne estaban totalmente de acuerdo. Era inexplicable.

La tan esperada y deseada llovizna fina caía por fin sobre la ciudad, tras semanas de un inusual calor tropical. El edificio de aparcamientos era del tipo abierto. Sus plantas se apoyaban sobre pilares con algunos metros de separación entre cada poste. Así pues, no existía protección alguna entre el cielo abierto y algún que otro coche abandonado en la triste edificación. A pesar de la intemperie, no daba la impresión de que la sangre se hubiera limpiado.

—¿Nada más? ¿Ningún arma u objeto? ¿Ninguna joven desaparecida?

Las preguntas eran del fiscal adjunto, que vestía un chándal y una cazadora deportiva de marca Helly-Hansen. Bostezaba, a pesar de donde se encontraba. Una de las esquinas de la segunda planta del aparcamiento estaba rociada de sangre. Había litros y litros de sangre por todas partes.

—Gracias por llamarme —dijo, intentando ahogar otro bostezo y mirando discretamente a su Swatch.

Eran las cinco y media de la mañana del domingo. Un coche lleno de estudiantes salió volando de la nada, dejando una estela de estruendoso ruido y concierto de cornetas. Inmediatamente después, les envolvió ese silencio tan particular que se da cuando todos los trasnochadores han vuelto a sus casas y se han acostado, conscientes de que no necesitarán levantarse pronto.

—Sí, tenías que ver esto. Afortunadamente, fue una compañera de promoción que se encontraba en ese momento de guardia quien recordó que yo ya había estado presente en la primera de estas… —Hanne no sabía muy bien cómo definir estos casos absurdos— estas masacres de sábado —finalizó, tras una pequeña pausa—. Llegué hace media hora.

Los dos hombres de la Policía Científica estaban en pleno proceso de tomar huellas, recabar pruebas y tomar fotos del lugar del crimen. Llevaban a cabo la tarea con rapidez y precisión, y ninguno de los dos hablaba mientras trabajaban. Hanne y Håkon mantuvieron, a su vez, la boca cerrada un buen rato. Allá a lo lejos, el coche estudiantil se había topado con otro semejante y el encuentro provocó otra salva de rugidos y escándalo.

—Esto tiene que tener algún significado. ¡Mira allí!

Håkon intentó seguir la línea recta que partía del dedo índice de su compañera hasta la pared. Había poca luz, pero se podían discernir los números con relativa nitidez si se les prestaba la suficiente atención.

—Nueve-uno-seis-cuatro-siete-ocho-tres-cinco —recitó en voz alta—. ¿Te dicen algo estas cifras?

—Absolutamente nada, salvo que estamos hablando de la misma cantidad de números que en Tøyen, y que los dos primeros son idénticos.

—¿No será un número de teléfono?

—No existe ese prefijo. Ya había pensado en eso.

—¿Un número de identificación personal?

Algo desalentada, evitó contestar.

—No, por supuesto —dijo él, contestando a su propia pregunta—. Ningún mes tiene el número noventa… Además, o bien sobran dos dígitos, o bien faltan tres. Pero en muchos países la fecha de nacimiento se escribe al revés —prosiguió, entusiasmado por su descubrimiento—. ¡Empiezan con el año!

—Vale. Entonces tenemos un asesino nacido el 78 del 64 de 1991.

Se produjo un silencio embarazoso, pero Hanne poseía la suficiente sensibilidad para no dejar que durara demasiado tiempo.

—Están analizando la sangre. Además, tienen que aparecer huellas dactilares en alguna parte. Bueno, ya es hora de volver a casa, no hay mucho más que podamos hacer aquí. Espero que no te importara que te llamara. Nos vemos mañana.

—¿Mañana? ¡Pero si mañana estamos a 17!

—¡Mierda, es verdad! —dijo, ahogando un bostezo—. Boicoteo ese día, aunque un día libre no le viene mal a nadie.

—¿Boicoteas el 17 de Mayo?

Estaba realmente sorprendido.

—Un día para vestir de traje regional, izar la bandera y demás chorradas nacionalistas. Prefiero arreglar las flores de la terraza.

No sabía muy bien si hablaba en serio y, en tal caso, era la primera vez que contaba algo sobre sí misma. Eso le hizo sentirse bien de regreso a casa, aunque a él le encantaba el 17 de Mayo, el Día de la Constitución, el día de la fiesta nacional noruega.

Martes, 18 de mayo

*L*a fiesta nacional fue todo un éxito, estupenda y de lo más tradicional. El sol desplegó todo su esplendor sobre el paisaje y los árboles de color verde penetrante, y la familia real estuvo saludando impertérrita y leal desde su espacioso balcón. Los niños, cansados y con pocas ganas de celebración, vestidos con sus estrechos trajes regionales impregnados del frío posinvernal, arrastraron las banderas por los suelos nacionales a pesar de los gritos sobreexcitados de sus padres. Los colegiales de último año, borrachos y con voz ronca, alborotaron como si aquel fuera su último día y procuraron conseguir el máximo nivel de embriaguez posible en su camino hacia el más allá. El pueblo noruego disfrutó del Día de la Constitución y de la deliciosa repostería tan típica en ese día, y todos coincidieron en que había sido un día inolvidable.

Salvo la Policía de Oslo, que sufrió todo aquello que la mayoría de la gente se libraba de ver: múltiples escándalos callejeros, un buen número de personas sobradamente ebrias, jóvenes pasados de vuelta, algún que otro conductor bebido y peleas domésticas. Todo muy previsible y, por ello, fácil de solucionar. De todos modos, un asesinato de una rara brutalidad y cinco episodios con arma blanca, aunque con consecuencias menos trágicas, estaban muy por encima de la media; y, como guinda, otros cinco casos de violación. Los festejos del 17 de Mayo de ese año pasarían a la historia como los más salvajes de la historia.

—No entiendo lo que está pasando con esta ciudad. Sencillamente, no lo entiendo.

El inspector Kaldbakken, placa A 2.11, miembro del Grupo de Homicidios de la comisaría de Oslo, tenía más horas de vuelo que todos los demás juntos en la sala. Era un hombre parco en palabras, y las que salían de su boca solían formar un murmullo indescifrable, pero todo el mundo entendió perfectamente lo que acababa de decir.

—Nunca he visto nada igual.

Los demás miraron hacia otro lado y nadie dijo nada. Comprendían muy bien lo que significaba esa nueva ola de criminalidad.

—Horas extras —susurró al final uno de los agentes, con la mirada clavada en un montaje fotográfico que colgaba de la pared y que representaba la fiesta de verano de la sección del pasado año—. ¡Horas extras, horas extras! La parienta está muy cabreada.

—¿Quedan fondos en el capítulo de horas extras? —preguntó una joven agente con el pelo corto y rubio y con una visión todavía optimista de la vida.

Ni siquiera recibió respuesta, tan solo una mirada de reproche por parte del jefe de sección, que informó a los más veteranos del grupo de lo que todos los presentes ya sabían.

—Lo siento, señores, pero si esto sigue así, tendremos que posponer las vacaciones —dijo, evitando así contestar a la pregunta anterior.

Tres de los once policías de la sala se habían apuntado para agosto y septiembre, y ahora rezaban en silencio con la esperanza de que sus pretensiones veraniegas siguieran intactas, pues, para entonces, seguro que todo habría vuelto a la normalidad.

Se repartieron los casos de la mejor manera posible, sin tener en cuenta el volumen de trabajo ya existente. Estaban todos hasta el cuello de cargas y obligaciones.

Hanne evitó el asesinato, pero tuvo que apechugar con dos de las violaciones, además de con tres incidentes de malos tratos. Erik Henriksen, un policía de pelo dorado, iba a colaborar con ella, y esa idea pareció llenar al hombre de felicidad. Ella soltó un profundo suspiro, se levantó al finalizar el reparto de tareas y, de camino hacia su despacho, no dejó de preguntarse por dónde diablos tenía que empezar.

Sábado, 22 de mayo

*L*a noche no se había alargado más allá del programa de televisión *Los hechos del sábado*. Hanne ya se había dormido. Su pareja, una mujer de su misma edad (se llevaban solo tres semanas de diferencia), apenas la había visto en toda la semana. Incluso el Día de la Ascensión, Hanne desapareció al amanecer y volvió a las nueve de la noche para lanzarse de cabeza a la cama. Así que estaban recuperando algo del tiempo perdido. Habían dormido hasta tarde; habían dado una vuelta de cuatro horas en moto y habían parado en tres puestos de carretera a comer helado. Por primera vez desde hacía mucho tiempo, se sentían como dos enamoradas. Aunque Hanne había estado dormitando a lo largo de una pésima mañana de sábado mientras Cecilie preparaba algo de comer, apenas probó la comida rociada con media botella de tinto, para volver a echarse en el sofá. Cecilie no supo muy bien si sentirse molesta o halagada. Se decidió por lo último, arropó a su amada y le susurró al oído:

—Debes de estar bastante segura de mis sentimientos, ¿verdad?

El dulce aroma de piel femenina mezclado con un suave perfume la retuvo. La besó con cuidado y acarició con la punta de su lengua la mejilla de la mujer dormida. Decidió despertarla.

Hora y media más tarde, sonó el teléfono. Era el de Hanne. Ambas lo reconocieron por el sonido. El de Cecilie tenía un timbre; el de Hanne repicaba. El hecho de que tuvieran dos números distintos hería profundamente a Cecilie. Nadie podía tocar el teléfono de Hanne, salvo ella misma, nadie en la comisaría de Oslo debía saber que compartía su hogar con otra mujer. El sistema telefónico era una de las pocas e indiscutibles reglas de sus quince años de convivencia.

El teléfono no dejaba de sonar; si hubiese sido el de Cecilie, lo habrían dejado que se cansara de llamar. Sin embargo, el ruido insistente hacía sospechar que podía tratarse de algo importante. Hanne exhaló una queja, se incorporó renqueante y quedó en pie, desnuda en el umbral de su dormitorio, mirando hacia la entrada.

—¡Wilhelmsen, dígame!

—Aquí Iversen, de la guardia. Perdone que te llame tan tarde...

Hanne intentó vislumbrar el reloj de la cocina y pudo comprobar que era mucho más tarde de medianoche.

—No, ningún problema —contestó entre bostezos, sintiendo un escalofrío por la corriente de aire que venía del pasillo.

—Irene Årsby dijo que había que llamarte. Tenemos otra masacre del sábado noche para ti, tiene un aspecto espantoso.

Cecilie se aproximó inadvertidamente a su espalda y la envolvió con una bata rosa de felpa que lucía una fabulosa insignia de Harley-Davidson en el hombro.

—¿Dónde?

—Una caseta modelo Moelv cerca del río Loelva. Estaba cerrada con un candado ridículo que cualquier niño habría conseguido abrir. No te puedes imaginar el horror que hay allí dentro.

—Sí, me imagino. ¿Habéis hallado algo que tenga algún interés?

—Nada, solo sangre por todas partes. ¿Quieres verlo?

Quería: los escenarios más sangrientos de crímenes inexistentes empezaban a interesarle cada vez más. Por otro lado, aunque la paciencia de Cecilie estaba hecha a prueba de bombas, no era inagotable y probablemente había alcanzado ya su límite.

—No, esta vez me basta con ver las fotos, gracias por llamar.

—¡Vale!

Estaba a punto de colgar, cuando cambió bruscamente de idea.

—¡Hola! ¿Sigues ahí?

—Sí.

—¿Pudiste ver si había algo escrito en la sangre?

—Pues sí. Un número, varias cifras. Bastante ilegible, pero lo están fotografiando desde todos los ángulos.

—Bien, porque eso tiene mucha importancia. Buenas noches y… ¡gracias de nuevo!

—No hay de qué.

Hanne volvió a la cama de cabeza.

—¿Es algo grave? —preguntó Cecilie.

—No, solo otro más de esos baños de sangre de los que te hablé. Nada importante.

Hanne se encontraba en el límite entre el sueño y la realidad, a punto de dormirse profundamente, cuando Cecilie la reenganchó a la vida.

—¿Cuánto tiempo vamos a seguir con la división de teléfonos? —soltó con serenidad al aire, como si no esperara respuesta.

Mejor así, porque Hanne se dio la vuelta y permaneció recostada sin decir palabra. De repente, los edredones que siempre se solapaban y habían servido de abrigo común para las dos se fueron cada uno para su lado. Hanne se arrebujó en la colcha de pluma y siguió sin abrir la boca.

—No lo entiendo, Hanne. Lo he aceptado durante estos años, pero siempre dijiste que algún día las cosas serían distintas.

Hanne persistía en su silencio, en posición fetal, dándole la espalda, a modo de gélido rechazo.

—Dos números de teléfono. Nunca me has presentado a compañeros tuyos del trabajo y nunca he conocido a tus padres. Tu hermana es tan solo una persona de la que hablas para contar alguna anécdota de infancia. Tampoco podemos compartir la Navidad juntas.

Estaba embalada. Se sentó en la cama. Hacía más de dos años que no había tocado el tema y, aunque no albergaba la mínima esperanza de lograr nada con todo aquello, sintió que era de vital necesidad expresar que aún no se había acostumbrado a esa situación, que nunca se sentiría satisfecha de mantener esas mamparas herméticas contra todo lo que concernía a la vida de Hanne fuera del apartamento. Posó con cuidado la mano sobre la espalda de su compañera, pero la retiró inmediatamente.

—¿Por qué todos nuestros amigos son médicos y enfermeras? ¿Por qué solo tenemos que relacionarnos con mi mundo? ¡Por Dios, Hanne, nunca he hablado con otro policía que no fueras tú!

—No se dice policía. —Las palabras salieron un poco ahogadas de entre las almohadas.

Cecilie intentó de nuevo poner su mano sobre la espalda que tenía delante, pero esta vez no tuvo que apartarla, el cuerpo entero respondió con una sacudida. Hanne no tenía nada que decir. Su amada cerró la boca. Llorando quedamente, se acostó con el cuerpo muy pegado a su mujer y, en ese preciso instante, decidió no volver a sacar el tema, al menos no hasta dentro de muchos años.

Sábado, 29 de mayo

*N*o se dio cuenta del buen aspecto que presentaba hasta que transcurrió un buen rato. Alto, rubio y bastante ancho de espaldas. La ya muy consumida bombilla, cuya luz opaca iluminaba la puerta de entrada, reveló que su pelo se había batido en retirada en la zona de las sienes y que exhibía un moreno poco usual en esa época del año, a pesar del buen tiempo de las últimas semanas. Bajo la pálida luz, la piel de la mujer aparecía blanquecina como la leche, pero la del hombre era dorada, como la que produce el sol de Semana Santa.

Esquivó su propia sombra y sacó torpemente las llaves del amplio bolso de tela. Él seguía con detalle todos sus movimientos con un interés, cuando menos, llamativo, pensaba ella, como si hubiese apostado consigo mismo si la mujer estaba en condiciones o no de encontrar algo en todo este barullo.

—Vaya, parece que has encontrado las llaves; dicen que no se encuentra nada en un bolso de mujer.

Ella le obsequió con una sonrisa cansada. No tenía fuerzas para más, era demasiado tarde.

—Las chicas como tú no deberían estar fuera a estas horas de la noche —prosiguió, mientras ella abría la puerta.

La siguió al interior.

—Que duermas bien, ¿vale? —dijo, y desapareció subiendo las escaleras.

El buzón estaba vacío, igual que ella, que no se sentía muy bien. No había bebido mucho, un par de pintas; el problema eran aquellos locales llenos de humo. Los ojos le escocían y parecía que las lentillas estaban pegadas a sus globos oculares.

El edificio se había tranquilizado, solo un bajo lejano proveniente de un potente equipo de música vibraba ligeramente bajo sus pies.

La puerta tenía dos cerraduras de seguridad; «uno no podía ser lo suficientemente prudente; una mujer soltera en el centro de la ciudad…», opinaba su padre, que fue quien las montó. Solo una estaba en funcionamiento: «ya está bien de tanto pesimismo».

El olor y el calor hogareños le dieron la bienvenida. Dio un traspié en el tranco de la puerta. Apenas había penetrado con medio cuerpo al interior del piso, cuando él ya estaba ahí.

El susto fue más fuerte que el dolor en el momento de caer al suelo. Oyó que la puerta se cerraba a su espalda. La mano dura y fría sobre su boca la paralizó enteramente. La rodilla del hombre oprimía con fuerza y dureza la región lumbar y tiraba del cabello para levantar la cabeza. Su espalda estaba a punto de partirse en dos.

—Estate muy quieta, sé buena chica y todo irá bien.

La voz sonaba muy distinta a la que habló hacía tres minutos, pero sabía que era él y sabía lo que estaba buscando. Una chica de veinticuatro años que vive sola en el centro de Oslo no posee muchas cosas de valor que digamos. Salvo lo que él deseaba. Y ella lo sabía.

Pero no lo temía, podía hacerle lo que quisiera mientras no la matara. Tenía miedo a la muerte, solo a la muerte.

El dolor intenso le nubló la vista, ¿o fue porque hacía un buen rato que no había respirado? Soltó poco a poco la garra de su boca mientras le advertía que permaneciera en silencio. No fue necesario, la laringe estaba hinchada como si un enorme, doloroso y silencioso tumor lo bloqueara todo.

«¡Oh Señor! no dejes que me muera. No dejes que me muera. Que acabe rápido, rápido, rápido.»

Era su único pensamiento. Estaba aterrada.

«Puede hacer lo que quiera, pero, Señor, amado Señor, no dejes que me muera.»

Las lágrimas brotaron solas, un fluido silencioso, como si los ojos hubieran reaccionado por iniciativa propia. Parecían llorar de un modo inconsciente. De repente, el hombre se puso de pie. La espalda se quejó al recobrar su postura original y ella quedó yaciendo de cara al suelo. Pero no duró mucho tiempo. Él la agarró por la cabeza, una mano en la oreja derecha y la otra tirando del pelo, y la arrastró así hasta el salón. El dolor era descomunal. Intentó gatear, reptando, pero iban demasiado deprisa y los brazos no lograban mantener el mismo paso. El cuello se estiró desesperadamente tras él para no quebrarse. Se le volvió a nublar la vista.

«Señor mío, te lo ruego, no dejes que me muera.»

No encendió la luz. Una farola de la calle iluminaba el pasillo a través de la ventana, proporcionando la suficiente visión. La soltó en mitad del salón. Encogida en posición fetal, empezó a llorar de verdad, sin hacer mucho ruido entre sollozos y temblores. Se tapó la cara con las manos con la vana esperanza de que el hombre no siguiera ahí cuando volviera a mirar.

Súbitamente, estaba de nuevo encima de ella. Introdujo un trapo en su boca, era la bayeta de la cocina. El sabor rancio casi la ahoga. Sintió fuertes arcadas y se desmayó.

Cuando se despertó, la bayeta había desaparecido. Estaba tumbada en su propia cama y notó que estaba desnuda. El hombre estaba tendido encima de ella, sintió su pene entrar y salir con violencia, aunque el dolor alrededor de los tobillos era más intenso. Los pies estaban atados a las patas de la cama, con algo que no conseguía reconocer. Era cortante y parecía hilo de acero.

«Señor, santo Dios, no dejes que me muera. Nunca volveré a quejarme de nada.»

Finalmente sucumbió, no podía hacer nada. Intentó gritar, pero las cuerdas vocales seguían agarrotadas.

—Estás muy buena —jadeó el hombre entre dientes—. ¡Una tía tan buena como tú no puede pasearse la noche del sábado sin una polla!

El sudor de su frente goteaba sobre la cara de la mujer. Le quemaba la piel y ella empezó a mover la cabeza de un lado a otro para evitarlo. Durante un instante, el hombre soltó una de sus muñecas para propinarle una potente bofetada.

—¡No te muevas!

Tardó mucho, no supo cuánto tiempo. Cuando hubo terminado, permaneció con todo el peso de su cuerpo encima de ella, resoplando. Ella no dijo nada, no hizo nada, apenas si existía.

Él se levantó poco a poco y le soltó las ataduras alrededor de sus pies. Era alambre de acero y tenía que haberlo traído consigo, pensó, pues no guardaba nada de eso en el piso. Aunque se hallaba libre para poder incorporarse, permaneció apática y tumbada. Él le dio la vuelta para colocarla boca abajo y ella no ofreció ninguna resistencia.

Volvió a echarse sobre ella y en un momento de indolencia pudo constatar que él mantenía su erección. No podía entender que estuviera ya listo para otra embestida unos minutos tras la eyaculación anterior.

Separó sus glúteos y la penetró. Ella no abrió la boca y se desmayó por segunda vez, pero le dio tiempo a repetir sus plegarias.

«Señor, tú que estás en los Cielos, no dejes que me muera. Solo tengo veinticuatro años, no dejes que me muera.»

No lo estaba o, al menos, abrigaba ese deseo. Continuaba tumbada en la misma posición, desnuda y boca abajo. En el exterior, el día apenas había iniciado su mañana dominical. Ya no era de noche. Una madrugada blancuzca de mayo entraba sigilosamente en el cuarto y su piel parecía casi azul. No se atrevió a moverse, ni siquiera para ver la hora en el despertador de la mesita. Se quedó así, en absoluto silencio, escuchando sus propios latidos durante tres horas. Entonces estuvo segura, se había ido.

Se levantó rígida y entumecida y bajó la vista para examinar su cuerpo. Los senos pendían inánimes, como si se lamentaran sobre su suerte o por su muerte. Los tobillos estaban muy hinchados y un hematoma en forma de anillo ancho abrazaba la parte inferior de ambas pantorrillas. El ano le dolía con intensidad, y una fuerte punzada subía desde la vagina hasta el estómago. Con serenidad y determinación casi imperturbables, despojó la cama de toda su ropa. Lo hizo con rapidez e intentó arrojarla al cubo de la basura, pero no era lo bastante grande. Llorando y con la cólera en aumento, trató en vano de introducirla con fuerza en la bolsa, pero tuvo que desistir y se quedó sentada, totalmente descompuesta, desnuda e indefensa sobre el suelo.

«Señor, ¿por qué no me dejaste morir?»

El timbre de la puerta sonó sin piedad y retumbó en todo el apartamento. El ruido la sorprendió y no pudo retener un grito.

—¿Kristine?

La voz resonaba de lejos, muy remota, pero la inquietud atravesó las dos puertas.

—Vete —musitó, con la certeza de que no había oído nada.

—¿Kristine? ¿Estás ahí?

El volumen de la voz era ya más potente y máspreocupado.

—¡VETE!

Toda la fuerza que le había faltado el día anterior, cuando más la había necesitado, se acumuló en ese único grito.

Al instante, se presentó delante de ella, intentando recobrar la respiración. Se le cayeron las llaves al suelo.

—¡Kristine! ¡Mi niña!

Se agachó y rodeó con sus brazos el cuerpo desnudo y hecho un ovillo con mucho cuidado. El hombre temblaba de pánico y respiraba a toda velocidad. Ella quiso consolarlo, decir algo que hiciera que todo volviese a estar bien, decir que todo estaba en orden, que no había pasado nada. Pero cuando notó la tela rígida de la camisa de franela contra su rostro y el olor masculino, seguro y familiar, tuvo que rendirse.

Su imponente padre la abrazaba y la mecía de un lado a otro, como a una niña pequeña. Sabía lo que había sucedido. La ropa de cama que se salía del cubo de basura, la sangre alrededor de sus tobillos, la figura desnuda e indefensa, el llanto de desesperación que nunca había oído antes. La levantó, la trasladó al sofá y la tapó con una manta. La lana basta de la prenda le pinchaba sin duda la piel, pero decidió no ir por una sábana para no tener que soltarla. En cambio, se hizo a sí mismo una promesa sagrada mientras le acariciaba el cabello una y otra vez.

Pero no dijo nada.

Lunes, 31 de mayo

*E*ra difícil acostumbrarse a esto. La chica de veinticuatro años, sentada frente a ella y que miraba al suelo, era la cuadragésima segunda víctima de violación de Hanne Wilhelmsen. Llevaba la cuenta porque consideraba que las violaciones eran lo más execrable. El asesinato era otra historia, de alguna forma lo podía hasta entender. Un momento frenético de emociones desmedidas y, tal vez, de rabia acumulada durante años. Podía, de algún modo, existir cierta comprensión. En ningún caso en la violación.

La chica había traído a su padre, no era infrecuente. Un padre, una amiga y, a veces, un novio, pero, rara vez, una madre. Curioso. Quizás una madre sea alguien demasiado cercano.

El hombre era voluminoso y no encajaba bien en la estrecha silla. No es que tuviera sobrepeso: era, sencillamente, monumental. Al menos, le sentaban bien esos kilos de más. Debía de medir más de metro noventa, una apariencia cuadrada, eminentemente masculino y poco agraciado. Un puño gigantesco se posó sobre la delicada mano de su hija. Se parecían de un modo indefinido. La mujer revelaba una constitución muy distinta: poco menos que endeble, a pesar de haber heredado la complexión espigada de su padre. El parecido residía en los ojos: la misma forma, igual color y con idéntica expresión. Igual que el semblante perdido y afligido que, sorprendentemente, era más notable en el gesto del gigantón.

Hanne estaba turbada, no acababa de acostumbrarse a las violaciones. Pero era muy competente, y los buenos policías no muestran sus sentimientos, al menos no cuando se sienten consternados.

—Tengo que formularte varias preguntas —dijo en voz baja—. Algunas no son muy agradables, ¿te importa?

El padre se retorcía en la silla.

—Estuvo ayer prestando declaración durante varias horas —dijo—. ¿Es necesario volver a hacerla pasar por lo mismo?

—Sí, lo siento. La denuncia en sí no es muy detallada. —Dudó un instante—. Podríamos esperar hasta mañana, pero...

Se mesó el cabello con la mano.

—Es que nos tenemos que dar prisa, es importante actuar con rapidez en este tipo de investigación.

—Está bien.

Esta vez fue la mujer quien contestó. Se acomodó en la silla para hacer frente de nuevo a lo que había ocurrido el sábado noche.

—Está bien —volvió a decir, ahora mirando a su padre.

La mano de la hija consolaba ahora a la del padre.

«El padre lo está pasando mucho peor», pensó, e inició el interrogatorio.

—¿Quieres comer, Håkon?

—No, ya he comido.

Hanne miró el reloj.

—¿Que ya has comido? ¡Si son solo las once!

—Sí, pero te acompaño a tomar un café y te hago compañía. ¿El comedor o el despacho?

—El despacho.

Se dio cuenta nada más entrar, las cortinas era nuevas. No es que fueran muy policiacas, de color azul rey con flores silvestres.

—¡Qué bonito te ha quedado! ¿De dónde lo has sacado?

No le contestó, se acercó al armario y sacó un bulto de telas elegantemente envueltas.

—Las he cosido para ti también.

Él se quedó mudo.

—Costaron solo siete coronas el metro, en Ikea. ¡Siete coronas el metro! Por lo menos son más acogedoras y mucho más limpias que estos harapos, propiedad del Estado, que cuelgan por ahí.

Apuntaba con el dedo a la cortina gris de suciedad que asomaba de la papelera, la cual se mostraba profundamente ofendida por el comentario.

—¡Muchísimas gracias!

Él tomó el montón de telas con entusiasmo y volcó de golpe su taza de café sobre ellas. Una flor marrón se esparció entre todas las florecitas azules y rosas. Hanne liberó un suspiro descorazonado, casi inaudible, y recogió las cortinas.

—Las voy a lavar.

—¡No, ni hablar, ya las lavo yo!

El aroma de un perfume envolvía el despacho, desconocido y algo fuerte. La fragancia procedía de una fina carpeta verde situada encima de la mesa entre ambos.

—Por cierto, este es nuestro caso —dijo, tras evitar que el derramamiento del café provocara un daño mayor, y le alcanzó los papeles.

—Violación. Jodidamente horrible.

—Todas las violaciones son horribles —murmuró él; tras haber leído algunos párrafos, estuvo de acuerdo—. ¿Qué impresión te dio?

—Una chica estupenda, guapa, correcta en todos los sentidos. Estudiante de Medicina, lista, exitosa y… violada.

Se estremeció.

—Permanecen allí sentadas, hundidas y perdidas, mirando al suelo y entrelazando los pulgares como si tuvieran la culpa. Me siento tan desalentada, a veces hasta más perdida que ellas, creo.

—Y qué crees que siento yo —le dijo Håkon—. Al menos eres mujer, no eres culpable de las violaciones de ciertos hombres.

Golpeó la mesa con los papeles de unos interrogatorios realizados a dos estudiantes de Medicina.

—Bueno, tampoco es exactamente culpa tuya —sonrió la agente.

—No…, pero me siento más que incómodo cuando debo adoptar una postura respecto a ellas. Pobres chicas. Pero…
—Extendió los brazos encima de la cabeza, bostezó y acabó lo

que le quedaba de café—. Normalmente evito tener que verlas, son los fiscales del Estado quienes se ocupan de estos casos, por suerte. Para mí, son solo nombres escritos en un papel. Por cierto, ¿sacaste la dos ruedas?

Hanne dibujó una amplia sonrisa y se levantó.

—Ven aquí —le contestó, moviendo el brazo para que se acercara a la ventana—. ¡Allí! ¡La rosa!

—¿Tienes una moto rojo pálido?

—No es rojo pálido —dijo, muy molesta—. Es rosa, o *pink*. En cualquier caso, no es en absoluto rojo pálido.

Håkon se mofó y le propinó un empellón en el costado.

—¡Una Harley-Davidson rosa pálido! ¡Qué espanto!

La miró de abajo hacia arriba.

—Por otro lado, eres demasiado guapa para conducir un vehículo de dos ruedas, sea cual sea. Al menos, tendría que ser rojo pálido.

Por primera vez, desde que se habían conocido hacia cuatro años, vio que Hanne empezaba a ruborizarse. La apuntó triunfante a la cara con el dedo.

—¡Rojo pálido!

La botella de refresco le alcanzó en pleno pecho. Por fortuna, era de plástico.

Por mucho que lo intentara, no conseguía dar una descripción precisa del violador. En algún lugar recóndito de su cabeza se escondía su imagen con total claridad, pero no era capaz de sacarla.

El dibujante era un hombre paciente. Esbozaba y borraba, trazaba nuevas líneas y proponía un mentón diferente. La mujer ladeó la cabeza, observó el retrato manteniendo los ojos entreabiertos y quiso recortar un poco las orejas. No había nada que hacer, no se parecía en absoluto.

Lo intentaron durante más de tres horas. El dibujante tuvo que cambiar cuatro veces de hoja; estaba a punto de desistir. Colocó los bocetos inacabados delante de la mujer.

—¿A cuál de estos se parece más?

—A ninguno…

Era hora de dejarlo.

Υ

Hanne y el fiscal adjunto Sand no eran los únicos que sentían aversión por los casos de violación. El inspector Kaldbakken, el superior más inmediato de Hanne, también estaba harto de estos sumarios. Su rostro equino parecía encontrarse ante un saco de avena podrida y decir que prefería rechazar la invitación.

—La sexta en menos de dos semanas —musitó—. Aunque esta tiene un modus operandi diferente. Las otras cinco son imputables a las propias víctimas, no esta.

Relaciones consentidas… Aquello era indignante. Sobraba. Chicas que habían acompañado a casa a hombres, más o menos desconocidos, tras una noche por la ciudad. Las llamadas «violaciones *after hours*». No salía casi nunca nada en claro de aquellos episodios, era siempre la palabra de uno contra la del otro. No obstante, tenían muy poco que ver con la autoinculpación, pero optó por no decir nada. No ya porque tuviera miedo de su superior, sino porque, sencillamente, no le apetecía.

—La chica no consigue fijar un retrato robot —prefirió responder—. Y tampoco encuentra al hombre en los archivos. Complicado.

Efectivamente, lo era, y no porque el caso fuera a quedarse sin resolver; por desgracia, no era el único de la lista. Era por culpa del modus operandi en sí, algo muy preocupante.

—Ese tipo de personas no se rinden hasta que las cogen.

Kaldbakken lanzó una mirada al despacho, sin fijar la vista en nada concreto. Ninguno de los dos soltó palabra, pero ambos presagiaban algo, en aquel maravilloso día de mayo, tan tentador al otro lado de la sucia ventana. El hombre flacucho golpeaba la carpeta con su dedo curvo.

—Este nos puede tener entretenidos esta primavera —dijo, francamente preocupado—. Voy a proponer el sobreseimiento en los otros cinco casos y vamos a priorizar este. Dele prioridad a este asunto, Wilhelmsen, ¿me ha oído? Prioridad absoluta…

Υ

Hacía tanto calor en el cuarto que incluso el fino suéter, con la insignia de los Washington Redskins inscrita en el pecho, le sobraba, así que se lo quitó. El canalillo de la camiseta de tirantes estaba mojado e intentó tirar de la tela sin demasiado éxito. La ventana estaba abierta de par en par, pero mantenía la puerta cerrada. La corriente no era buena para el escaso orden que había conseguido sobre su mesa de trabajo.

Poco podía hacer. Ciertamente habían recabado algunos indicios en el lugar de los hechos: un par de cabellos que podían pertenecer al criminal, manchas de sangre que probablemente no era suya y restos de semen que, con toda seguridad, eran suyos. Con un retrato robot poco convincente, había poco que sacar de los medios de comunicación, aunque lo iban a intentar. Tampoco había dado resultado el repaso de los archivos fotográficos.

Llevaría tiempo analizar el poco material del que disponían, así que, mientras tanto, había que contentarse con preguntar a los vecinos si habían visto u oído algo. Pero nada, nunca sabían nada.

Marcó cuatro cifras en el interfono.

—¿Erik?

—¿Sí?

—Soy Hanne. ¿Tienes tiempo para dar una vuelta conmigo?

Lo tenía. Era el cachorro de Hanne, un agente de primer año, pelirrojo y con tantas pecas que con una más sería indio. Al cabo de medio minuto, esperaba en la puerta moviendo la colita.

—¿Voy a por un coche?

Se levantó, sonrió de oreja a oreja y le tiró un casco de moto negro. Él lo atrapó sonriendo más si cabe.

—¡Guay!

Hanne movió la cabeza.

—Mola, Erik. No guay.

El edificio parecía ser de finales del siglo XX. Descansaba en uno de los mejores barrios al oeste de la ciudad y estaba reformado con devoción. Nada que ver con los inmuebles famélicos del este, que chillaban unos más que otros, con sus colores morados y rosas y otros que, probablemente, no existían cuando se construyeron. Esta finca era de color gris perla. Las ventanas y puertas estaban ribeteadas en azul oscuro y la rehabilitación tuvo que llevarse a cabo hacía muy poco tiempo.

Hanne aparcó la moto en la acera. Erik el Rojo se apeó de la moto con las piernas separadas. Lo hizo antes que ella, orgulloso, sudado y aturdido.

—¿Podemos tomar un desvío a la vuelta?

—Ya veremos.

El portero automático mostraba dos columnas con cinco nombres cada una. En la primera planta vivía K. Håverstad, un rótulo conciso y neutro, aunque a la pobre chica de poco le sirvió la medida de seguridad. En la planta baja vivía alguien recién llegado, porque la placa con el nombre ni era uniforme ni estaba colocada de un modo reglamentario debajo del cristalito, sino que estaba sujeta con celo. Un apellido raro, el único del bloque que confesaba su origen foráneo. Hanne llamó a los vecinos de planta de K. Håverstad.

—¿Hola?

La voz era la de un hombre mayor.

Ella se presentó y el hombre mostró una alegría tan desbordante por recibir una visita que mantuvo pulsado el botón de apertura el tiempo que tardaron los agentes en entrar y subir un buen trecho de la escalera. Al llegar a la primera planta, el anciano los recibió con las manos extendidas y una amplia sonrisa, como si llegaran a alguna fiesta.

—Entrad, entrad —pio con voz de pájaro, aguantando la puerta abierta.

Debía de tener casi noventa años y medía poco más de un metro sesenta. Además, era giboso, lo que obligaba a uno a sentarse frente a él con la esperanza de lograr un contacto visual.

El soleado salón estaba muy bien cuidado y en él predominaban dos jaulas enormes. Cada una encerraba un loro colorido de gran tamaño; entre los dos armaban bastante alboroto. Unas plantas verdes adornaban toda la estancia, y de las paredes colgaban cuadros de marcos dorados. El sofá era durísimo, como una piedra, e incómodo. Erik no sabía muy bien qué hacer y se quedó de pie junto a uno de los papagayos.

—¡Solo un momento y preparo un poco de café!

El anciano estaba emocionado. Hanne intentó evitar el café, pero comprendió que era inútil. Al poco rato, se enfrentaron a un par de tazas de porcelana y una pequeña fuente con pastitas. La mejor maestra es la experiencia, así que ella rechazó amablemente las pastas, aunque se atrevió a tomar media taza de café. Erik no era tan curtido y se sirvió con avidez. Bastó con un solo trozo. Le embargó el pánico y buscó con desesperación algún lugar para deshacerse de los tres trozos que había echado en su propio plato. No halló salida alguna y se pasó el resto de la visita intentando tragar las galletitas.

—¿Tal vez sepa por qué estamos aquí?

El hombre no contestó a la pregunta. Se limitó a sonreír e intentó colocarle un pastel de almendras.

—Somos de la Policía —dijo, esta vez más alto—. Lo entiende, ¿verdad?

—La Policía, sí.

Su cara irradiaba felicidad.

—La Policía. Gente muy maja, sí, chica muy maja.

La mano arrugada y seca del anciano tenía la piel sorprendentemente suave y le acarició varias veces el dorso de la mano. Ella le cogió la mano con delicadeza y logró cazarle la mirada. Los ojos eran de color azul celeste y tan pálidos que se confundían con el globo ocular. Las cejas eran fuertes y pobladas y se alzaban como un arco optimista en el centro, donde el pelo era más largo. Parecían las diminutas astas de un pequeño, agradable y bienintencionado diablillo.

—Un crimen, tuvo lugar un crimen en el piso de al lado, la noche del sábado a domingo.

Hanne se sobresaltó al oír el eco que salió de una de las jaulas.

—¡Noche sábado, noche sábado!

Erik se asustó aún más y soltó la bandeja de pastelitos, pues tenía el pico del loro pegado a su oído. Se sintió mal por el destrozo, pero feliz porque el pedazo de pastel restante yaciera ahora junto a los fragmentos de porcelana en el suelo. Se disculpó entre balbuceos y con la boca llena.

El anciano seguía tan contento y fue por una escoba y un recogedor seguido de Erik, que insistía en limpiarlo él. El hombre tapó las jaulas con sendos manteles negros y se hizo un silencio repentino.

—Así. Ahora podemos hablar. No necesitan levantar la voz; oigo bien.

Volvieron a situarse uno frente al otro.

—Un crimen —murmuró para sí—. Un crimen. Ocurren tantas cosas de esas ahora. En los periódicos, todos los días. Yo me mantengo, por lo general, en casa.

—Desde luego, es lo mejor —aseguró Hanne—. Lo más seguro.

El apartamento era cálido. Un reloj de mesa palpitaba pesada y fatigadamente. Ella permaneció sentada a esperar hasta que se percató de que se estaban acercando a las cuatro. Vacilante y con un tremendo esfuerzo sonaron cuatro golpes huecos.

—Estamos comprobando con los vecinos si han visto u oído algo.

El hombre no contestó, solo sacudió la cabeza.

—Hay algo que no va bien en este reloj, antes no era así, el sonido ha cambiado, ¿no cree?

Hanne suspiró.

—Es difícil saberlo, nunca lo había oído antes. Pero estoy de acuerdo, sonó algo…, algo triste. ¿Tal vez debería llevárselo a un relojero para que lo vea?

Es posible que no estuviera conforme porque no dijo nada, solo siguió con el ligero movimiento de cabeza.

—Oíste…, ¿oyó usted algo desde aquí, la madrugada del domingo? Es decir, la noche de ayer...

Aunque el anciano había dejado claro que no tenía problemas de audición, ella no pudo evitar levantar la voz.

—No, oír algo… no lo creo, pienso que no oí nada, salvo lo que oigo todas las noches, claro está. Los coches y el tranvía, claro, cuando pasa, aunque no suele pasar por las noches, así que seguro que no lo oí.

—Suele usted…

—Tengo el sueño muy ligero, ¿sabe? —interrumpió—. Es como si hubiese dormido ya todo lo que tenía que dormir a lo largo de mi extensa vida. He llegado a los ochenta y nueve años, mi mujer murió a los sesenta y siete. Tome, sírvase otro pastelito. Los ha hecho mi hija…, no, quiero decir, mi nieta. A veces mezclo un poco esas cosas, de hecho mi hija murió, ¡así que no pudo haber hecho estos pasteles!

Sonrió y dibujó una hermosa y tímida sonrisa, como si hubiese comprendido que el tiempo no solo lo había alcanzado, sino que lo había dejado atrás hacía mucho tiempo.

Viaje en balde. Hanne apuró su café, agradeció amablemente la invitación y finalizó la conversación.

—¿Qué tipo de crimen se ha cometido? —preguntó, de repente interesado, mientras los policías recogían sus cascos y cazadoras de cuero en el pasillo que daba a la puerta de salida.

Ella se volvió hacia él y dudó por un instante si molestar a ese encantador anciano contándole cosas del lado oscuro y cruel de la capital. Pero se dijo: «ha visto tres veces más de la vida que yo».

—Violación. Ha sido una violación.

Se estremeció e hizo aspavientos con los brazos.

—Y esa preciosa joven… —dijo—. ¡Es terrible!

La puerta se cerró tras ellos y el anciano arrastró los pies hasta sus amigos plumíferos y destapó las jaulas. Fue recompensado con una cacofonía agradecida e introdujo el dedo en una de las jaulas para que uno de ellos lo mordisqueara con delicadeza.

—Violación, es espantoso —le dijo al papagayo, que asintió con la cabeza para mostrar que estaba de acuerdo—. ¡Es posible que haya sido alguien de este edificio! No, ha tenido que ser alguien de fuera. Tal vez fue aquel hombre del coche rojo, no había visto ese vehículo antes.

Retiró el dedo y procedió lentamente a sentarse en su desgastado y confortable butacón, situado cerca de la ventana. Solía reposar en él cuando las noches en vela lo sacaban del calor de su lecho. La ciudad era su amiga, siempre y cuando se quedara dentro de sus seguras paredes. Había vivido en el mismo piso toda su vida y había visto cómo eran sustituidos los carruajes por ruidosos automóviles, los faroles de gas por luz eléctrica, y cómo los adoquines eran recubiertos de asfalto negro. Conocía su vecindario, al menos lo que permitía la observación desde una ventana de la primera planta. Estaba al tanto de los coches que pertenecían a su portal y de quiénes eran sus propietarios. No había visto nunca antes el coche rojo y tampoco había reconocido al individuo joven y alto que se había sentado detrás del volante aquella madrugada. Debía de ser él.

Continuó sentado durante un rato e incluso echó una cabezadita. Luego se dirigió discretamente a la cocina para calentarse un poco de sopa.

Ninguno de los vecinos había oído o visto nada. La mayoría de ellos habían reparado en la visita de los policías el domingo por la mañana, por lo que los rumores se habían hecho con el edificio. Todo el mundo sabía bastante más que el simpático anciano del primero, aunque aquella información carecía de interés. Eran historias contadas una y otra vez entre los propios vecinos de escalera. Relatos encendidos por encima del pasamanos, incluyendo movimientos de cabeza horrorizados de incredulidad, especulaciones y promesas recíprocas de que todos iban a estar más atentos de ahora en adelante.

Kristine Håverstad no estaba en casa. Hanne lo sabía, pero quiso asegurarse. Llamó al timbre y esperó unos segundos antes de abrir la puerta. Obtuvo las llaves durante el interrogatorio, de la propia inquilina, que declaró de paso su intención de mudarse a casa de su padre durante un periodo de tiempo indefinido.

El piso estaba recogido, bien cuidado y agradable. No era grande, y los agentes constataron pronto que estaba compuesto de un salón con cocina americana y un dormitorio espacioso con un escritorio en una de las esquinas. Las habitaciones daban a un estrecho y largo pasillo. El baño era tan pequeño que uno podía estar sentado en la taza, ducharse y lavarse los dientes a la vez. Estaba limpio, con un ligero aroma a lejía.

La Policía Científica ya había estado allí, por lo que sabía que no encontraría nada relevante, pero sentía curiosidad. La cama estaba sin hacer, aunque cuidadosamente tapada con un edredón. No era una cama doble, pero tampoco tan pequeña como para no albergar a dos buenos amigos. Estaba hecha de pino con decoraciones en la parte superior de cada pata. Justo debajo de ellas, observó un pequeño borde desigual de color oscuro. Se puso en cuclillas y dejó que los dedos acariciaran la huella. Se clavó unas astillas diminutas de la madera en los dedos. Suspiró profundamente, abandonó el cuarto y se quedó a esperar en la entrada del salón.

—¿Qué es lo que buscamos? —preguntó Erik, lleno de dudas.

—Nada —dijo Hanne, mirando al vacío para resaltar su posición sobre el asunto.

—No buscamos nada, solo quiero saber cómo es este piso, al que Kristine Håverstad nunca estará en condiciones de volver.

—Es una putada —murmuró el joven.

—Es más que eso —dijo Hanne —. Es mucho más que eso.

Cerraron con llave la puerta del apartamento, con las dos cerraduras de seguridad, y volvieron dando un rodeo en dirección a la jefatura. Erik estaba encantado. Después del viaje, no sabía si estaba más enamorado de Hanne o de su enorme Harley rosa.

Martes, 1 de junio

$\mathcal{K}$ristine esperó sentir alguna forma de temor, pero no lo hizo, y lo cierto es que daba igual. No necesitaba ningún abogado, realmente no necesita a nadie. Solo deseaba quedarse en casa, en casa de su padre. Quería cerrar con llave todas las puertas y sentarse a ver la televisión. En cualquier caso, no quería ningún abogado. Pero la policía había insistido, le había mostrado una lista de nombres que ella denominaba «abogados asistenciales», y había destacado el nombre de Linda Løvstad como una buena elección. Al asentir con la cabeza y alzar los hombros, Hanne había llamado a la letrada en su nombre. Kristine ya podía personarse en el despacho a las 10.30 del día siguiente.

Ahora se encontraba justo delante de la dirección indicada e intentaba sentir algo de aprensión. Habían manipulado el rótulo debido al cambio de uno de los abogados, pero seguía siendo legible: «Abogados Andreassen, Bugge, Hoel y Løvstad, 2.ª planta». Letras negras sobre latón desgastado.

Al abrir la puerta de cristal de la primera planta, un perro se acercó a ella moviendo la cola. Se sobresaltó, pero un hombre que, por su indumentaria, era imposible que fuera abogado, la tranquilizó. Llevaba vaqueros rotos y zapatillas deportivas. Sonrió y cogió al perro del collar y lo arrastró hasta un despacho, donde lo puso firmemente en su sitio. Al fondo de un larguísimo pasillo yacía otro perro, grande y gris, con la cabeza entre las patas delanteras y una expresión de tristeza, como si entendiese todo por lo que ella había pasado. Una chica delgada y bien arreglada, sentada tras un puesto que combinaba recepción y centralita, la invitó a seguir el pasillo hacia el gris y afligido perro.

—La penúltima puerta a la izquierda —dijo en voz baja y con una sonrisa.

—Entre —oyó, incluso antes de llamar a la puerta.

Tal vez el hombre del primer perro fuera abogado. Lo cierto es que esta abogada no calzaba deportivas, sino zapatillas chinas, vaqueros y una blusa que Kristine reconocía de H&M. Tampoco la oficina se caracterizaba por su ostentación; además, vio que un tercer perro del bufete estaba tumbado en una esquina. Tal vez fuese un requisito para trabajar ahí: tener un perro. Era uno de esos callejeros, delgado, feo y negro como un cuervo, pero con ojos grandes y bonitos.

Una gigantesca mesa en forma de arco ocupaba casi todo el espacio. Las estanterías eran sencillas y no muy llenas, y en el suelo, apoyado contra la pared, tropezó con un gigantesco y grotesco gato de peluche. No era especialmente bonito y tampoco muy gracioso, pero, junto con un cochecito de Policía, carteles baratos y una maceta blanca con abundantes alegrías, confería al despacho una sensación menos inquietante.

La abogada se levantó y extendió la mano en cuanto Kristine entró por la puerta. Era delgada y larguirucha, plana como una tabla, con el pelo rubio y ralo, al que se intentaba en vano darle volumen recogiéndolo en forma de moño. Pero el rostro era amable; su sonrisa, hermosa; y el apretón de manos, firme. La invitó a un café, sacó una carpeta vacía de color crema y empezó a anotar los datos personales.

Kristine no tenía la menor idea de lo que hacía en ese lugar. Bajo ninguna circunstancia soportaría volver a contar toda la historia.

La mujer era adivina.

—No es necesario que me relates la violación —dijo, tranquilizándola—. Recibo la documentación de la Policía.

La pausa que siguió no fue para nada embarazosa, solo tranquilizadora. La abogada la miró con una sonrisa, hojeó algunos papeles que no podían concernirla y esperaba, tal vez, que dijera algo. Kristine se quedó mirando el gato de peluche mientras frotaba el brazo de la silla. Al ver que la abogada seguía sin dar señales de querer decir algo, alzó ligeramente los hombros y echó la mirada al suelo.

—¿Recibes ayuda? ¿Psicólogo o algo parecido?

—Sí, bueno, en realidad es una asistente social. Está bien.

—¿Encuentras alguna ayuda en eso?

—No lo siento así ahora mismo, pero sé que es importante, a largo plazo, quiero decir. Pero solo he estado una vez con ella, fue ayer.

La letrada Løvstad asintió con la cabeza como para animarla.

—Mi tarea es muy limitada. Seré como un nexo entre tú y la Policía, y, si hay algo que necesitas saber, no dudes en ponerte en contacto conmigo. La Policía me mantendrá puntualmente informada. Son a veces un poco chapuzas en esto, pero has tenido suerte con la investigadora principal. Es una mujer que suele seguir muy de cerca estos casos.

Ahora sonreían ambas.

—Sí, parece de muy buen trato —confirmó.

—Y te ayudaré con la indemnización.

La joven parecía desconcertada.

—¿Indemnización?

—Sí, tienes derecho a una indemnización, ya sea por parte del autor, ya sea por parte del Estado. Han creado un precepto legal propio para estas cuestiones.

—¡No me interesa ninguna indemnización!

A Kristine le extrañó su propia y violenta reacción. ¿Indemnización? Como si alguien pudiese algún día entregarle una suma de dinero lo suficientemente cuantiosa para reparar todo el dolor, para borrar la espantosa y oscura noche que lo puso todo patas arriba. ¿Dinero?

—¡No quiero nada!

Si no hubiese sido porque las glándulas lacrimales estaban completamente secas, habría empezado a llorar. Ella no quería dinero. Si pudiera elegir, se pediría un reproductor de vídeo y su vida en una cinta manipulable. Rebobinaría los días y se iría a casa de su padre aquel sábado en vez de acabar destrozada en su propio piso. Pero no podía elegir.

El labio inferior y toda la mandíbula le temblaban con fuerza.

—¡Quiero recuperar mi vida, no una indemnización!

La última palabra fue escupida como si fuera veneno.

—Tranquila.

La abogada se recostó sobre la mesa y retuvo su mirada.

—Podemos hablar de todo esto más tarde. Tal vez opines lo mismo entonces, con lo cual no te vamos, por supuesto, a obligar. A lo mejor cambias de parecer, lo dejamos así. ¿Necesitas ayuda con algo ahora mismo? ¿Otra cosa?

Miró a su abogada durante unos segundos eternos. Finalmente, ya no aguantó más. Se echó sobre la mesa de despacho con la cabeza entre los brazos y el pelo caído hacia delante, tapando su rostro. Lloró media hora a lágrima viva; la letrada no pudo hacer otra cosa que acariciar la espalda de su cliente y susurrarle palabras de consuelo.

—Si solo alguien pudiera ayudarme —sollozó la joven—. ¡Y si alguien pudiera ayudar a papá!

Al final, se levantó de la silla.

—Realmente, no quiero saber nada de la Policía. Me da igual que atrapen o no al que lo hizo. Todo lo que quiero es…

El llanto volvió a apoderarse de ella, pero esta vez se mantuvo erguida.

—Solo quiero ayuda, y alguien tiene que ayudar a mi padre. No me habla. Se pasa todo el día a mi alrededor, no sé en qué me puede ayudar, pero él… No dice nada. Temo que pueda…

De nuevo la dominó el llanto. Tras otro cuarto de hora igual, la abogada comprendió que, por primera vez en su corta carrera de jurista, tendría que llamar a una ambulancia para que recogiera a su clienta.

No confiaban mucho en el dibujo, pero, aun así, lo habían mandado imprimir. Al menos, había conducido a algo: ahora tenían más de cincuenta pistas de personas con nombre y apellidos. Quizá fuera, precisamente, porque el boceto era impersonal: los rasgos difusos, la cara inclasificable, una silueta sin identidad.

Hanne sujetaba el periódico con los brazos extendidos y observaba la página ladeando la cabeza.

—Este puede ser cualquiera —dijo con determinación—. Con un poco de buena voluntad se parece, al menos, a cuatro o cinco hombres que yo conozco.

Mantuvo los ojos entreabiertos e inclinó la cabeza hacia el otro lado.

—¡Se parece a ti, Håkon! ¡Pues sí que se parece a ti!

Soltó una carcajada y le dejó que le arrancara el periódico de las manos.

—No se parece en absoluto —protestó él, visiblemente ofendido—. No tengo la cara tan redonda, mis ojos no están tan juntos y, además, tengo más pelo.

Arrugó el periódico y lo tiró a la papelera.

—Si es así como llevas esta investigación, entiendo que nadie apueste a que algún día resolveremos el caso —declaró, todavía muy resentido.

—Por favor…

Ella no se rindió, recogió el diario estropeado y lo alisó con su mano delgada de dedos alargados y uñas lacadas de blanco.

—Mira este dibujo, ¿no podría ser cualquiera? No deberían publicar este tipo de retratos. Es posible que la víctima se haya fijado excesivamente en un defecto o marca corporal, de modo que el hombre sale ahora dibujado con una nariz demasiado grande y nosotros perdemos una pista. O tiene realmente este aspecto, el de un hombre, un hombre noruego.

Se quedaron un buen rato así, contemplando la foto del anónimo, de ese varón noruego de rostro anodino.

—¿Sabemos, realmente, si es noruego?

—Hablaba un noruego perfecto. Por otra parte, su aspecto era, aparentemente, noruego. Tendremos que suponer que lo es.

—Pero creo que era bastante moreno…

—Venga ya, Håkon. Hay suficientes racistas aquí en el cuerpo como para que encima pienses que un hombre rubio con deje de Oslo sea marroquí.

—Pero si violan encima de…

—Déjalo ya, Håkon.

Su voz rozaba ahora la agresividad. Es cierto que los norteafricanos copaban las estadísticas sobre violaciones, y no era menos cierto que las violaciones atribuidas a estos individuos eran con frecuencia extremadamente brutales. Además, a veces consideraba que sus propios prejuicios eran inoportunos, como resultado de demasiadas conversaciones con sinvergüenzas guapos y de pelo rizado que te mentían a la cara aunque los pillaras con los pantalones, literalmente, bajados. Cualquier noruego en la misma situación habría dicho otra cosa: «Pues sí, follamos, pero fue consentido». Sabía todo eso, pero otra cosa era decirlo.

—¿Cuál es la cifra de violaciones sin denunciar cometidas por «noruegos»? —Agitó los dedos al decir: «noruegos»—. Las violaciones que ocurren en los *after hours* y tienen lugar en domicilios privados, o en las fiestas de empresa, incluso cometidas por los maridos..., ¡y así podemos seguir un buen rato! Ahí es donde encuentras la cifra negra, los hechos ocurridos pero no denunciados. Todas las chicas son conscientes de que son prácticamente imposibles de perseguir. Mientras que las violaciones más «honestas»... —volvió a agitar los dedos—, las agresiones repulsivas, cometidas por los repugnantes agresores de piel oscura, los que no son de aquí, los que todo el mundo sabe que la Policía intenta pillar... Esos casos sí que se denuncian.

Hubo una ligera pausa. Håkon se sintió aludido y sonrió retraído, como queriendo disculparse de algún modo.

—No quise decirlo así.

—No, ya me lo imagino, pero no deberías decir esas cosas, ni siquiera en broma. Estoy completamente segura de una cosa.

Se levantó sudada y consternada, se inclinó hacia la ventana para que le diera un poco de aire. Las cortinas nuevas apenas ondeaban, más por su propio movimiento que por la corriente de aire que venía de fuera.

—Por Dios, qué calor hace aquí dentro.

La ventana volvió a cerrarse, dejando una ligera rendija de diez centímetros, lo cual no sirvió para nada. En aquella habitación, debía hacer, por lo menos, treinta grados.

—Estoy completamente segura de una cosa —volvió a decir—: si todas las violaciones cometidas en este país hubiesen sido denunciadas, estaríamos todos aterrados por, al menos, dos cosas.

Håkon no entendía muy bien por qué se callaba de repente. Tal vez era por darle la oportunidad de adivinar cuáles eran las dos cosas que habrían de horrorizar a todo el mundo. En vez de volver a hacer el ridículo, optó por mantenerse callado.

—En primer lugar, por la cantidad de violaciones cometidas. Y, en segundo lugar, porque los extranjeros son autores del número que estadísticamente se les supone, según la cifra de individuos que residen aquí. Ni más ni menos. —Soltó otro suspiro más, quejándose del calor—. Si no remite pronto este calor, me volveré loca. Creo que me voy a dar un garbeo motorizado, ¿te vienes?

Con pavor en la mirada, declinó de inmediato la invitación. El recuerdo de otro paseo en moto seguía intacto en su mente: una excursión heladora y mortalmente peligrosa, hacía unos seis meses, cuando acababa el otoño, cruzando la provincia de Vestfold, con Hanne de piloto y él mismo de pasajero cegado y empapado hasta los huesos. Aquella vez, el viaje había sido de una necesidad crucial. Su primera vuelta en moto y, decididamente, la última.

—No, gracias, prefiero darme un chapuzón —dijo. Eran las tres y media y ya se podían marchar a casa—. Deberías ponerte a repasar las pistas.

—Lo haré mañana, Håkon, mañana.

La desesperación estaba a punto de comerle vivo. Se escondía como una rata gris y espeluznante que le corroía en algún punto detrás del esternón. Había vaciado dos botellas de Balancid con sabor a naranja desde el domingo por la mañana. No sirvió de nada, estaba claro que a la rata le gustaba el sabor y seguía royendo con más ahínco. Hiciera lo que hiciera, dijera lo que dijera, de nada servía. Su hija no quería hablar con él. Es cierto que deseaba quedarse ahí, en la casa de su niñez, en su antiguo cuarto, y eso lo consolaba algo: el que ella, probablemente, encontrase alguna forma de protección y seguridad teniéndolo cerca. Pero el caso es que no quería hablar.

Había recogido a Kristine en Urgencias Psiquiátricas. Cuando la vio allí sentada, transida, con esos ojos oscuros y encogida de hombros, le recordó a su mujer veinte años atrás. En aquel entonces, ella se había sentado del mismo modo, con una mirada vacía idéntica, con esa misma actitud de impotencia y sin decir nada. Acababa de enterarse de que iba a dejar un marido viudo y una hija, de apenas cuatro años, huérfana. Él había montado en cólera, había proferido una retahíla de juramentos y había armado un escándalo, y había llevado a su mujer a la consulta de todos y cada uno de los expertos del país. Finalmente, pidió prestada una considerable suma de dinero a sus padres con la vana esperanza de que los remotos expertos de Estados Unidos, la tierra prometida de todas las medicinas, cambiarían el hecho cruel sobre el que catorce médicos noruegos habían tristemente coincidido. El viaje solo sirvió para que ella muriera lejos de su casa. Él tuvo que regresar con su amada en el congelador de la bodega.

La vida a solas con la pequeña Kristine fue difícil. Él mismo acababa de terminar la carrera, en una época en la que el antaño lucrativo oficio de dentista era menos productivo, tras veinte años de asistencia odontológica pública. Pero les había ido bien. A mediados de los años setenta, la lucha feminista alcanzaba su cénit, algo que, paradójicamente, lo ayudó. Un padre soltero que insistía en criar a su hija se beneficiaba de todas las ayudas públicas posibles, cosechaba simpatías del entorno, así como ayuda y apoyo por parte de las compañeras de trabajo y de las vecinas. Les fue bien.

No hubo muchas mujeres, alguna que otra relación, pero nunca muy duraderas. Kristine se había encargado de que así fuera. Tres veces se había atrevido a hablarle de una mujer, pero otras tantas veces fue rechazado, de un modo arisco e insolente; además, ella no aceptaba la más mínima insinuación. Ella siempre ganaba, y él adoraba a su hija. Indiscutiblemente, entendía que todos los hombres amaban a sus hijos y, de un modo racional, pensaba que, visto así, no se diferenciaba mucho de la población varonil noruega. No obstante, insistía ante sí mismo y su entorno en que la relación entre su hija y él era especial. Solo se tenían el uno al otro; él había sido padre y madre a la vez. Había estado velando durante las enfermedades, se había preocupado de vestirla siempre limpia y había consolado a la adolescente cuando su primer amor se fue al traste a las tres semanas. Cuando la niña de trece años le mostró, con una mezcla de espanto y alegría, una braguita ensangrentada, fue él quien la llevó a un restaurante a comer solomillo con vino ligeramente aguado para festejar que su hija estaba de camino a convertirse en una mujer. Fue él quien durante dos años tuvo que negar cada petición insistente para comprar un sujetador, teniendo en cuenta que las picaduras de mosquito que debían alojarse en dicha prenda eran tan insignificantes que cualquier sostén habría parecido ridículo. Con nadie pudo compartir la alegría por las espectaculares notas que sacaba su hija en la escuela, ni tampoco el amargo dolor cuando ella eligió celebrar con amigos la confirmación de su ingreso en la Facultad de Medicina de Oslo, hacía cuatro años.

Amaba a su hija, pero no conseguía llegar a ella. Cuando fue a buscarla, ella lo siguió voluntariamente, y fue ella misma quien había pedido en Urgencias que lo llamaran. Quería por tanto ir a casa, a su casa, pero no dijo nada. Una vez en el coche, de camino a casa, intentó cogerla de la mano y ella lo dejó. Aun así, no hubo respuesta, tan solo una mano flácida que se dejaba sostener con pasividad. No pronunciaron palabra alguna. Ya en casa, quiso tentarla con algo de comida: pan recién horneado con fiambres y ensaladillas, que sabía que le encantaba; rosbif y ensaladilla de gambas, y el mejor tinto de su bodega. Ella agarró la botella, pero dejó la comida. Al cabo de tres copas, se llevó la botella, se disculpó con educación y se retiró a su cuarto.

Pasaron tres horas y no se oyó ruido alguno desde su habitación. Se levantó entumecido del sofá, un modelo americano, profundo y demasiado blando. Las velas que se habían consumido pálidamente con la luz del atardecer primaveral empezaban a rezongar por la falta de cera. Se detuvo ante la puerta que daba a la habitación de la niña y permaneció en silencio absoluto durante varios minutos, hasta que tuvo el coraje de llamar. No hubo respuesta. Dudó un poco más y decidió dejarla en paz.

Se fue a la cama.

Υ

Kristine estaba en una habitación de niña, con cortinas amarillas de cuadros, sentada con un osito de peluche en el regazo; ante ella, una botella de tinto vacía sobre una mesa lacada de blanco. La cama era estrecha. Sentía calambres en las piernas después de permanecer mucho tiempo en posición fetal. La contracción era bienvenida, dolía cada vez más y se concentraba en sentir hasta qué punto le hacía realmente daño. Todo lo demás desapareció, solo notaba la protesta punzante y dolorosa en los miembros que no habían recibido suficiente sangre desde hacía un buen rato. Finalmente, no aguantó más y se tumbó en la cama estirando las piernas. El malestar aumentó enseguida. Sujetó uno de los muslos con las dos manos haciendo presa y apretó con todas sus fuerzas hasta que le empezaron a caer las lágrimas. Cualquier cosa para que perdurara el sufrimiento. Pero no podía continuar con eso, así que al cabo de un rato se soltó. El dolor en el pecho reapareció, la región interna estaba totalmente hueca, una enorme cavidad llena de un dolor indefinible. Corría por todo su cuerpo a una velocidad de vértigo y tuvo que levantarse por unas pastillas que le habían dado en Urgencias, Valium 0,5 mg. Una diminuta caja cuyo contenido encerraba una esperanza de paz en cada comprimido. Se quedó de pie con la caja en la mano izquierda durante una eternidad. Luego se la llevó al baño, abrió el envoltorio, sacó la caja con las píldoras y la vació en el agua clorada de color azul. Las cápsulas se mantuvieron a flote un instante hasta que fueron hundiéndose lánguidamente hacia el fondo de porcelana blanca y desaparecieron en las cloacas. Por seguridad, tiró dos veces de la cisterna. A continuación, se lavó la cara con agua muy fría y salió a la sala de estar. Estaba todo a oscuras; tan solo la lamparita encima del televisor arrojaba un fulgor débil y amarillo sobre las suaves alfombras del salón. Salió a la cocina a por otra botella de tinto, con cuidado para no despertar al padre, si es que dormía. Se quedó sentada en el mejor sillón, la vieja butaca de su padre, hasta vaciar también esa botella.

En ese momento, apareció en el umbral de la puerta su padre, en pijama. Imponente, aunque con los hombros caídos y las manos extendidas hacia ella en un gesto de abatimiento. Ninguno de los dos habló. Estuvo dudando un rato largo, pero, finalmente, entró en la sala y se puso en cuclillas ante ella.

—Kristine —la llamó en voz baja, más por decir algo que porque tuviera algo que decir—. Kristine, hija.

Quería tanto poder contestar. Habría querido ir a su encuentro, inclinarse hacia delante y dejar que la reconfortara y después consolarlo a él, por encima de cualquier otra cosa. Deseaba decirle que estaba apenada por lo que le había infligido, que estaba triste por haberlo defraudado y por haberlo estropeado todo, por ser tan tonta y dejarse violar. Deseaba con todas sus fuerzas poder tachar aquellos últimos y espantosos días, borrarlo todo y, tal vez, retroceder a los ocho años y a la felicidad de entonces, dejarse lanzar por los aires y aterrizar en sus brazos. Pero, sencillamente, no era capaz. No podía hacer nada para que las cosas volvieran a ser como antes: le había destrozado la vida. Lo único que pudo hacer fue extender la mano y dejar que la yema de los dedos le acariciara la cara. Desde la piel suave debajo de las sienes, bajando por las mejillas rugosas sin afeitar hasta detenerse en la hendidura de la barbilla.

—Papá —dijo en voz baja, y se levantó.

Al principio titubeó un poco, recobró el equilibrio y regresó a su cuarto. A la altura de la puerta, se giró un poco y vio que él seguía en el mismo sitio, en cuclillas, con el rostro entre las manos. Cerró la puerta y se tumbó en la cama con la ropa puesta. Al cabo de unos minutos, dormía profundamente, con la mente vacía de todo y libre de sueños.

Miércoles, 2 de junio

*L*a cuesta adoquinada que ascendía de la calle Grønland hasta la comisaría de Policía de Oslo estaba en plena ebullición. La gente y los taxis subían y bajaban sin cesar, y de los vehículos se apeaba todo tipo de personas, desde hombres trajeados que acudían a reuniones importantes, hasta ancianas de piernas flacas y torpes, ataviadas con acertados zapatos de paseo, que se personaban disgustadas para denunciar la desaparición de un caniche. El sol brillaba implacable y los dientes de león del césped habían empezado ya a amarillear. Incluso el centro penitenciario Bots, situado al fondo de la avenida de álamos, aparentaba ser un lugar agradable. Era como si Egon Olsen estuviera a punto de salir canturreando por el portón, listo para llevar a cabo nuevos atracos. La zona estaba poblada de personas semidesnudas, sentadas o tumbadas entre los edificios, algunas disfrutando de su pausa para comer; otras, como los parados y las amas de casa, disfrutando del único espacio verde del antiguo barrio de Gamle Oslo. Niños de piel oscura jugaban al fútbol entre los que tomaban el sol; algunos de ellos se irritaban, al salir de su estado de sueño a golpe de sobresalto cada vez que la pelota aterrizaba sobre sus vientres untados de aceite. Los chavales se reían y no mostraban signos de querer trasladar el partido a otro campo.

Hanne y Håkon estaban en un banco contra la pared. Ella se había recogido las perneras del pantalón por encima de las rodillas y estaba descalza. Él pudo constatar de reojo que no se depilaba las piernas. Poco importaba, porque su escaso vello era suave, rubio y femenino, y la hacía parecer aún más hermosa que si hubiese tenido las piernas afeitadas. Su piel lucía ya un leve color moreno.

—¿Has pensado en una cosa? —preguntó Håkon, con la boca llena. Acabó de masticar, plegó con cuidado el envoltorio del bocadillo y se tragó lo que quedaba del cartón de leche— ¿Te has dado cuenta de que el sábado noche no hubo ninguna de esas «masacres»? ¿Quiero decir, este sábado pasado?

—Sí.

Hanne había acabado hacía un buen rato su pequeño almuerzo, que había consistido en un yogur y un trozo no muy grande de colinabo. Asombrado, Håkon le había preguntado si llevaba alguna dieta. Ella no contestó.

—Sí, lo he pensado —volvió a confirmar—. Extraño, tal vez nuestro hombre se haya cansado. El caso es que hemos conseguido blindar la historia contra las garras de los periódicos. Seguro que, a la larga, para nuestro personaje resulta un poco aburrido molestarse tanto solo para fastidiarnos. Sin duda esperaba algo más, si es que la teoría de que esto es obra de algún gracioso es acertada, claro está.

—Tal vez se haya, simplemente, quedado sin sangre…

—Sí, puede ser.

El balón se acercó a su posición tras describir un gran arco. Hanne se levantó, lo atrapó con una sonrisa y se giró hacia su compañero.

—¿Jugamos un poco?

Un arrebatado y esquivo movimiento de manos apagó cualquier esperanza de ver a Håkon jugar al fútbol con la chavalería paquistaní. Hanne les devolvió la pelota de un puntapié. Se sentó y empezó a frotarse el empeine dolorido.

—Estoy en baja forma.

—¿Qué opinas de este caso? —preguntó Håkon.

—A decir verdad, no lo sé. Esperemos que sea una broma, pero hay algo en todo esto que no acaba de gustarme. Pese a todo, este follón ha tenido que acarrearle muchas molestias a ese tipo.

—Puede que sea una mujer.

—Sinceramente, me parece muy poco probable que una mujer esté detrás de todo esto. Tanta sangre es, digamos, demasiado…, masculina.

—Pero imagina por un momento que no se trata de ninguna broma. Imagina que los tres parajes representen cada uno el escenario de un crimen real. Imagina que…

—¿Tienes poco que hacer, Håkon? ¿Crees que es necesario despilfarrar el tiempo con los «imagínate»? Pues sigue así y te auguro un futuro de lo más animado.

Algo irritada, se puso los calcetines y los zapatos y se bajó las perneras.

—*Game over* —ordenó—. Hay que volver al tajo.

Entraron a paso lento por la puerta principal. Una chatarra dorada que pendía del techo en el gigantesco vestíbulo y cuya función, al parecer, era meramente decorativa amenazaba en cualquier momento con venirse abajo, debido al excesivo calor. Reflejaba la luz del sol con tanta intensidad que era imposible sostener la mirada.

«Si se derrumba esta mierda al suelo, no será una gran pérdida», pensó Hanne.

Subió con el ascensor hasta la segunda planta.

Las reflexiones de Håkon acerca de las masacres la atormentaban, se sentía agobiado. Tenía que lidiar con cinco violaciones, siete lesiones corporales graves y una sospecha de incesto. Más que suficiente. Lo cierto es que disponían de un grupo que llevaba los casos de abusos a menores, el Grupo de Operaciones Especiales. Pero la cotización de los niños como objetos sexuales se había disparado durante esta absurda primavera y todo el mundo tenía que arrimar el hombro. El suyo era un típico caso de sobreseimiento. Clínicamente, no se encontraron pruebas de que algo estuviera mal. El hecho de que el crío hubiera cambiado radicalmente de carácter, para profunda desesperación de su madre y de la guardería, y que un psicólogo pudiera aseverar con total convencimiento que algo había pasado estaba, aun así, tan lejos de cualquier condena como de la Luna. «Algo» no era una definición muy precisa, desde un punto de vista jurídico. Sin embargo, iba en contra de sus instintos policiales más profundos no seguir perseverando en el caso. El chiquillo habló bastante durante la vista oral, pero se quedó completamente mudo cuando

Hanne intentó, con mucha delicadeza, sacarle una explicación acerca de quién había exhibido un pene muy raro con leche dentro. Otra vista oral significaría la última baza en juego, pero eso tenía que esperar, al menos, un par de semanas.

«Imagina que…»

Hanne estaba sentada con los pies sobre la mesa, las manos detrás de la nuca y los ojos entornados.

«Imaginemos que hubiera ocurrido algo de verdad en la leñera de Tøyen, en la barraca de Loelva y en el aparcamiento de Vaterland.» En tal caso, era grotesco. Era imposible que la sangre emanara de una única persona y, aunque fueran tres o cuatro, cuyo macabro destino las esperaba en cada uno de los escenarios, era tan radicalmente improbable que, de momento, debía descartar aquella posibilidad.

Pegó un salto cuando el inspector Kaldbakken entró por la puerta y de un manotazo le apartó las piernas, que se estamparon contra el suelo del escritorio.

—¿Tienes poco que hacer, Wilhelmsen? —dijo gruñendo—. ¡Pásate por mi despacho, ¡así tendrás con qué entretenerte!

—No, por Dios. Tengo más que de sobra, como todos.

El jefe se sentó.

—¿Has progresado algo con la violación del sábado? ¿Esa estudianta?

El inspector Kaldbakken debía de ser la única persona en este mundo en llamar a las mujeres estudiantes: «estudiantas». Según decían los rumores, también él solía ponerse el sombrero de borlas de estudiante el 17 de Mayo.

—No, nada en especial, lo normal. Nadie ha visto ni oído nada. A ella misma le cuesta muchísimo darnos algo más que una vaga descripción. Tú mismo has visto el retrato. Se parece a todos y a nadie. Hemos recibido medio centenar de pistas que Erik se ha encargado de cotejar. No parecen muy fiables, ninguna de ellas, al menos es lo que él dice. Echaré un vistazo yo misma.

—No me gusta —dijo, carraspeando, y siguió tosiendo durante unos minutos.

—Deberías dejar de fumar Kaldbakken —le dijo en voz baja, y advirtió que la carraspera sonaba a esa enfermedad pulmonar obstructiva crónica, el EPOC, en su penúltimo estadio. Ella misma debería dejar de fumar.

—Es lo que dice mi mujer —contestó, medio ahogado y finalizando el ataque de tos escupiendo gargajos que, sin duda, soltaban un montón de porquería de aspecto inmundo.

Se tapó la boca con un pañuelo usado de gran tamaño para recoger la materia. Hanne se dio la vuelta con mucho tacto y descansó la mirada sobre dos gorriones que se peleaban en el marco exterior de la ventana. El calor era insoportable también para ellos.

—No me gusta —insistió—. Las violaciones precedidas de agresiones vienen raras veces solas. ¿Sabes algo de los médicos forenses?

—No, ¡demasiado pronto! Suelen tardar semanas antes de mandar algo.

—Insiste con ellos, Wilhelmsen, dales caña. Estoy verdaderamente muy preocupado.

Se levantó con mucho esfuerzo y dificultad, y regresó tosiendo a su despacho.

Jueves, 3 de junio

*N*o era tarea fácil tomarse algunos días libres, así, de sopetón. Sin embargo, sus dos compañeros se mostraron de lo más comprensivos. Se hicieron cargo de los pacientes con diligencia y buena voluntad, teniendo en cuenta el escaso tiempo de preaviso. Significaba un perjuicio económico, aunque, por otro lado, hacía muchos años que no se había regalado unas buenas vacaciones.

Tampoco podía llamarlo «vacaciones», pues tenía mucho que hacer. ¿Por dónde iba a empezar? No estaba muy seguro, así que decidió empezar con unos largos. La piscina estaba sorprendentemente llena de gente, a pesar de que eran las siete de la mañana. Los nadadores rezumaban olor a cloro, parecía como si acabaran de rellenar la piscina. Algunos deberían ser clientes habituales, saludaban y charlaban al borde de la piscina. Otros eran más conscientes de su objetivo, nadaban de un extremo al otro los cincuenta metros que medía cada largo, sin prestar atención a los demás, sin mirar a nadie, solo nadaban, nadaban y nadaban. Él también.

Al cabo de cien metros notó cierto cansancio. Al cabo de doscientos tuvo que reconocer que no solo llevaba demasiados años encima, sino que también cargaba con demasiada grasa. Empezó a clarear tras un par de largos más, al entrar en un ritmo que el corazón podía asumir. La cadencia era notablemente más lenta que la de los demás cuerpos, que resoplaban cuando pasaban por su lado con regularidad y sin descanso, hacia arriba y hacia abajo, hacia arriba y hacia abajo. Los musculosos torsos formaban estelas como pesados buques en miniatura. Se enganchó a la estela de un abigarrado bañador. Al alcanzar los setecientos metros, decidió que estaba listo. Era, sin duda, un comienzo de día inusitado, algo nuevo, distinto, y no podía recordar la última vez que se había tomado el tiempo de disfrutar tanto. En el momento de salir del agua, metió el vientre, sacó pecho y aguantó así hasta las escaleras que bajaban a los vestuarios. Soltó el aire comprimido entre los dientes y dejó que cayera la caja torácica al lugar que le correspondía.

Encontró su consuelo en la sauna, a casi cien grados de temperatura. Su piel era rubicunda, y los allí presentes no exhibían mejor aspecto. Mientras descansaba con la toalla ajustada púdicamente alrededor de su cintura, determinó que se dejaría caer por el edificio donde vivía su hija…, donde había vivido. Tenía que tomar alguna decisión acerca de ese piso, porque jamás volvería a mudarse a ese apartamento. Pero no quería forzarla a tomar una decisión en esos momentos. Tenían mucho tiempo por delante, de momento.

Se sintió limpio y más ligero, a pesar de sus casi cien kilos de peso. Lloviznaba fuera, si bien la temperatura no había bajado. Seguía haciendo demasiado calor para la época del año; incluso aunque hubieran estado en pleno julio, dieciocho grados a las ocho de la mañana era algo insólito. Aquello era casi alarmante, tal vez tuviera algo que ver con esa historia de la capa de ozono.

Tuvo menos problemas que habitualmente para sentarse en su coche, que se hallaba mal aparcado en un lugar reservado para minusválidos. La sesión de entrenamiento le había sentado de maravilla, lo tenía que repetir, se lo iba a tomar en serio.

Catorce minutos más tarde encontró un sitio lo bastante amplio, a tan solo cincuenta metros de la vivienda de su hija. Volvió a mirar el reloj y se dio cuenta de que era demasiado pronto para importunar a nadie. Los que tenían que trabajar no tendrían tiempo para hablar con él, y los que iban a quedarse en casa seguramente seguirían en la cama a esas horas. Así que compró un par de periódicos y entró en la panadería, que tentaba ya a muchos paseantes mañaneros con aromas deliciosos de bollería recién horneada.

Después de tres bollos, un cuarto de litro de leche fresca y dos tazas de café, había llegado la hora de ponerse manos a la obra. Se acercó al coche y añadió algunas monedas al parquímetro, antes de dirigirse hacia la puerta de entrada. Sacó las llaves y entró en el bloque. Había dos pisos por cada una de las cinco plantas. Empezaría por la primera.

Un tosco letrero de porcelana anunciaba que Hans Christiansen y Lena Ødegård residían en el piso de la izquierda. Se puso bien derecho y llamó al timbre. No hubo respuesta. Volvió a intentarlo y nada.

Desde luego, no era un buen comienzo: lo intentaría de nuevo por la tarde. La puerta de enfrente no tenía ningún rótulo con el nombre del inquilino. Se había fijado en el portal de entrada en que la vivienda la ocupaba un extranjero. Fue para él imposible juzgar si se trataba de una mujer o de un hombre. En cualquier caso, fuera quien fuera, no había estimado necesario cambiar la placa que antaño había adornado la puerta: un espacio perfilado en la madera con dos agujeritos en cada extremidad.

Se oyó un zumbido muy nítido proveniente del piso cuando pulsó el botón. A continuación, oyó unos pasos al otro lado de la puerta, pero no ocurrió nada. ¡Bzzzz! Lo intentó de nuevo. Ninguna reacción, pero ahora estaba convencido de que ahí había alguien. Irritado, volvió a llamar al timbre, esta vez pulsando durante un buen rato. «Un tiempo largo y descortés», pensó, y volvió a llamar.

Por fin, oyó que alguien estaba hurgando en una cadenita y la puerta se abrió levemente. La puerta apenas se abrió unos diez centímetros. Al otro lado apareció una mujer. Era bajita de estatura, un metro cincuenta y cinco centímetros. Vestía ropa anticuada, barata y presumiblemente compuesta al cien por cien de telas sintéticas, que relucía a la luz del pasillo. La mujer parecía muy asustada.

—¿Tú policía?

—No, no soy de la Policía —dijo, y trató de sonreír lo más amablemente posible.

—Tú no policía, tú no entrar —dijo la mujer, intentando cerrar la puerta.

Como una centella, puso el pie en la minúscula abertura

justo a tiempo para evitar que se cerrara la puerta. Se arrepintió al descubrir el pánico en sus ojos.

—Tranquilícese —intentó decirle a la desesperada—. Tranquilícese, solo quiero hablar un poco con usted. Soy el padre de Kristine Håverstad, la chica de la segunda planta, encima de este. *Second floor* —añadió, con la esperanza de que le entendería mejor. Entonces se dio cuenta de que se había equivocado—. *First floor, I mean. My daughter. She lives upstairs.*

Tal vez le creyera o puede que, después de pensárselo mejor, viera muy improbable que alguien viniera a acosarla a las nueve y media de la mañana. Al menos, acabó soltando la cadena y abrió la puerta con mucho cuidado. Él la miró con un aire interrogante y ella hizo ademán como invitándolo a entrar.

El apartamento estaba amueblado con una increíble sencillez. Era idéntico al de su hija, pero, aun así, parecía más pequeño. Debía de ser por la falta de muebles. Un sofá se apoyaba contra una de las paredes de la sala de estar. Apenas había nada más, con lo cual difícilmente se le podía denominar salón. Era evidente que servía, a su vez, de cama, porque cuando echó un vistazo al dormitorio pudo constatar que estaba vacío, salvo por dos maletas que había en una esquina. La sala de estar estaba, además, dotada de una mesita de comedor con una silla de madera. Asimismo, en la pared opuesta al sofá reposaba otra mesita con un televisor viejo encima, que debía de ser en blanco y negro. El suelo y las paredes estaban desnudos, salvo por una foto de gran tamaño desprovista de marco de un hombre suntuosamente vestido, de nariz aguileña y que portaba un uniforme condecorado hasta la exageración. Reconoció de inmediato el último sah de Persia.

—¿Es usted iraní? —preguntó, feliz de haber encontrado un tema para iniciar la conversación.

—¡Irán, sí!

La diminuta mujer sonrió moderadamente.

—Yo de Irán, sí.

—¿Habla noruego o prefiere hablar inglés? —prosiguió, sopesando si sentarse o no. Decidió permanecer de pie. Si se hubiese sentado, habría obligado a la mujer a quedarse de pie o a sentarse a su lado en el sofá, lo que la habría hecho sentirse violenta.

—Yo entender bien noruego —contestó—. Hablar mal, a lo mejor.

—A mí me parece que se defiende muy bien —le dijo, para animarla. Empezaba a molestarle cada vez más aguantar de pie, así que cambió de idea y agarró la silla de madera, la arrastró hasta el sofá y le preguntó si le parecía bien que la usara.

—Sentarse, sentarse —dijo, claramente más sosegada. Ella misma se sentó en el borde del sofá.

—Como dije —carraspeó—, soy el padre de Kristine, Kristine Håverstad, la joven del piso que está encima de este. Quizá se haya enterado usted de lo que le pasó el sábado pasado.

Le costaba mucho hablar del tema, incluso con una desconocida mujer de Irán, que nunca había visto y que, presuntamente, nunca volvería a ver. Carraspeó de nuevo.

—Solo estoy investigando un poco por mi cuenta, para mí mismo, ¿sabe? ¿Ha hablado con la Policía?

La mujer asintió con la cabeza.

—¿Estuvo aquí cuando ocurrió?

La vacilación era patente y no acababa de comprender por qué ella había optado por confiar en él. Tal vez, ella tampoco lo sabía.

—No, no estar yo aquí esa noche. Yo en Dinamarca ese fin de semana. Fin de semana pasado, en casa amigos. Pero eso yo no dije a mujer de policía. Yo dije yo dormir.

—Entiendo. Tiene usted amigos en Dinamarca.

—No. No amigos en Dinamarca. No amigos en Noruega, pero amigos en Alamana. Ellos quedar conmigo en Copenhague. No haber visto ellos en mucho mucho mucho tiempo. Yo vuelta aquí domingo muy tarde.

La mujer no era especialmente guapa, pero poseía un rostro enérgico y cálido. Tenía la tez más clara que otros iraníes que había visto antes y carecía de todos los rasgos que él relacionaba con aquella parte del mundo. De algún modo era morena, pero el pelo no era negro como el carbón, ni tampoco castaño oscuro. Era más parecido a lo que su mujer antaño habría llamado «color ayuntamiento». Aun así era brillante y espeso, ¡y tenía los ojos azules!

Con ayuda de las manos y un poco de inglés consiguió relatarle su triste historia. Vino como refugiada en busca de asilo y esperó trece meses largos y burocráticos hasta que las autoridades iniciaron los trámites de su solicitud de amparo en el reino de Noruega. La familia estaba dispersada a los cuatro vientos, al menos lo que quedaba de ella. La madre había fallecido de muerte natural hacía tres años, mucho tiempo después de que su padre huyera a Noruega. Fue abogada en el Irán del sah, y la familia había vivido sus años dorados, pero todo cambió al caer el régimen. Dos de sus hermanos murieron en las cárceles de los ayatolás, aunque su hermana y ella misma corrieron mejor suerte, hasta un año y medio atrás. Cogieron a un compañero de celda de sus hermanos y al cabo de tres días de interrogatorio se vino abajo. Lo ejecutaron al día siguiente. El día después, los soldados estaban delante de su puerta, pero para entonces ella había recibido un aviso y se encontraba ya al otro lado de la frontera con Turquía, gracias a la ayuda de gente que tenía una mejor tapadera que ella. Desde Turquía, tomó el avión en dirección hacia Noruega y hacia una vida que creía iba a compartir con su padre. En el aeropuerto, los de Extranjería le contaron que su padre había muerto tres días antes de un ataque al corazón. La instalaron en el centro de acogida en la ciudad de Bærum, y le asignaron un abogado de oficio. Este no tardó en averiguar que la mujer era la legítima legataria de una pequeña herencia que su padre había dejado. Constaba de un piso libre de cargas y pagado, cinco alfombras persas magníficas, unos cuantos muebles y cuarenta mil coronas en una cuenta bancaria. Vendió los muebles y las alfombras, cuya retribución, más de cien mil coronas, mandó a Irán con la idea de que su hermana pudiera sacarle provecho. No recibió respuesta alguna, lo que era de esperar, y solo le quedaba la esperanza de que todo saliera bien. Las cuarenta mil de la cuenta estaban destinadas a su manutención, de ese modo no sería una carga para la sociedad noruega.

—Yo suerte, no necesitar vivir en Tanum, vivir aquí más mejor para mí.

El viaje a Dinamarca fue ilegal, pues, como solicitante de asilo, no tenía pasaporte y, por tanto, no podía abandonar el país. Pero con su aspecto atípico pudo pasar por escandinava ante la mirada de los aduaneros sobrecargados de trabajo. Tuvo suerte, aunque eso significaba que no estaba en condiciones de proporcionarle ninguna información acerca del asunto por el que se encontraba ahí.

Se levantó.

—Bueno, pues gracias por la charla, y mucha suerte en el futuro.

Se detuvo en la puerta y le tendió la mano.

—Espero que la Policía sea comprensiva con usted.

No estaba seguro, pero creyó advertir una expresión de inseguridad en sus ojos durante un instante.

—Quiero decir que espero que pueda quedarse en el país —precisó.

—Esperar yo también —le contestó ella.

Se encaminó hacia la siguiente planta y oyó el estruendo de la puerta al cerrarse a sus espaldas. El ruido de la cadena intentando colocarse en su sitio lo acompañó hasta llegar a la segunda planta. Permaneció un momento quieto en el rellano de la escalera con la extraña sensación de que se le había pasado algo. Se sacudió la idea de encima al cabo de unos segundos y llamó al timbre.

Habían pasado cuatro días desde la terrible violación en el barrio de Homansbyen y no se había acercado ni una pizca a nada que se pudiera llamar solución o aclaración, sino todo lo contrario. Hanne tenía asombrosamente poco que escribir acerca de sus pesquisas en el caso. Se sentía muy frustrada.

Pero ¿qué podía hacer? La mayor parte del día anterior se le había esfumado en tomar declaración a un par de testigos, en relación con dos de los casos de agresión. Además, no pudo sacar mucho de eso, y un montón de trabajo se le acumulaba en una buena pila de documentos. En uno de los sumarios, el más grave, le quedaba por interrogar a cinco personas. Era un caso entre unos navajeros, que habían tenido cierta suerte, ya que el cuchillo no había tocado la arteria principal del muslo del agredido por unos pocos milímetros. No sabía cuándo podría tomar aquellas cinco declaraciones.

El caso de incesto pendía sobre su cabeza como una factura impagada de tamaño considerable y cuyo plazo de vencimiento hubiera rebasado hacía tiempo. La mala conciencia y las pesadillas la despertaron la noche anterior y estaba decidida a acudir a la nueva vista oral antes de la fecha prevista. Eso le llevaría un día entero. En primer lugar, tocaba la visita al domicilio y una ronda de «reconocimiento». A continuación, un refresco en la cantina y una vuelta en el coche patrulla para la ronda de «confíen ustedes en la Policía». No disponía de toda la jornada, ni siquiera de media.

Los montones de papeles dispuestos en fila ante ella le provocaban náuseas. Si los habitantes de esta ciudad tuvieran un mínimo presentimiento de la situación de desamparo en la que se encontraba la Policía, luchando contra unos delitos que parecían sobrepasarles, levantarían un clamor de indignación que conllevaría una inmediata inyección de cien millones de coronas y cincuenta nuevos puestos de trabajo. En esos momentos, la idea de que la Policía pudiera resolver todos los crímenes era una mera ilusión. «Es el momento idóneo para cometer un atraco de cierta envergadura. Habría un noventa y nueve por ciento de posibilidades de escapar», pensó.

No tenía que haberlo pensado.

En ese momento, la megafonía se activó y la voz profunda y monótona del jefe de sección llamó la atención de todos los agentes. Acababan de atracar la caja de ahorros Sparebanken Nor del distrito de Sagene, y todo el mundo estaba citado en la sala de juntas. Como un relámpago, Hanne cogió el casco de moto y la chupa de cuero.

Casi lo consiguió. A escaso metro y medio de la puerta, que daba a las escaleras exteriores para bajar hasta la entrada del personal, quedó atrapada por el cuello de la cazadora. El jefe de sección se rio cuando al girarla descubrió la cara de vergüenza de la mujer.

—No intentes engañar a un viejo zorro —dijo—. Entra ahora mismo en la sala de reuniones.

—No, de verdad, que no puedo. Tengo que salir. Además, estoy hasta arriba de trabajo y no puedo aportar nada de nada. De verdad. Sencillamente, no puedo hacerme cargo de nada más.

Quizá fuera por su voz, y sin duda tenía algo que ver con el hecho de ser su mejor investigadora o, tal vez, se debía a que sus rasgos faciales inusualmente cansinos, sus ojeras y un perfil afilado no la favorecían. En cualquier caso, el jefe de sección se quedó por un momento sin palabras.

—Bueno, vale —dijo al fin—. Venga, vete, pero solo por esta vez.

Inmensamente aliviada, salió pitando por la puerta sin tener la menor idea de lo que iba a hacer. Tenía que salir de allí.

Era tan buena una cosa como la otra. No era conveniente acudir al escenario del crimen con demasiada frecuencia, pero al menos le daba la sensación de hacer algo concreto.

Estuvieron a punto de darse de bruces en la puerta. Ella estaba intentando sacar las llaves de la chaqueta cuando él apareció de sopetón saliendo del pasillo. Hanne tuvo que retroceder un paso para no caerse y el hombre de imponente estatura se quedó clavado y firme. Le pidió disculpas una y otra vez hasta que la reconoció.

El dentista era demasiado mayor para sonrojarse. Además tenía la piel áspera y sin afeitar, lo que no dejaba traspasar los colores. Aun así, Hanne notó con claridad un parpadeo irregular cuando se apresuró a dar una explicación sobre su visita al piso de la hija para recoger cosas. De repente se dio cuenta de que no llevaba nada.

—Desgraciadamente, no lo encontré —dijo, justificándose—. Ha debido de equivocarse.

Ella no dijo nada, la incómoda pausa jugaba a su favor y él lo sabía. El hombre carraspeó, miró el reloj y añadió que llegaba tarde a una cita importante.

—¿Podría venir a verme mañana por la mañana, para un breve interrogatorio? —preguntó, sin darle la oportunidad de irse.

Se quedó pensativo por un momento.

—¿Por la mañana? Pfff… Bueno, creo que va a ser un poco difícil; últimamente, estoy muy liado.

—Es muy importante. Entonces, nos vemos a las ocho, ¿sí?

Su incomodidad era manifiesta.

—Bueno, vale, entonces a las ocho. ¿Tal vez, pasados unos minutos?

—Ningún problema —le contestó, con una sonrisa—. Unos minutos más o menos no tienen la menor importancia.

Lo dejó pasar y lo siguió con la mirada hasta que él se sentó en el coche. Luego subió a ver a su viejo amigo del segundo. Este le recibió calurosamente, además de contarle que había recibido la visita de un señor sumamente amable, el padre de esa pobre chica, con el que había mantenido una agradable charla.

Hanne no prestó mucha atención a lo que el anciano siguió contando. Apenas un cuarto de hora y media taza de café más tarde, se despidió dándole las gracias y abandonó el lugar. La preocupación arrugó su frente y permaneció sentada a horcajadas encima de su Harley sin arrancar el motor. Por alguna razón, el encuentro con el padre de la joven violada le hizo sentir como si estuviera participando en una carrera. Una carrera que en absoluto le gustaba.

Es muy desagradable que lo pillen a uno in fraganti de un modo tan palmario. Le exasperaba haber estado tan desarmado durante el encuentro con la policía. El peligro de toparse con un agente era obvio; sin embargo, ni por asomo había tenido en cuenta esta posibilidad. Por su falta de previsión se iba a enfrentar a un interrogatorio bochornoso al día siguiente. En fin, nada que no tuviera solución.

Por la tarde volvió al edificio. Solo le quedaban por entrevistar un hombre en la quinta planta y a una joven en la tercera. Aunque de poco le serviría, ya que los demás vecinos le habían contado que el hombre en cuestión llevaba un par de meses en el extranjero y que la joven había pasado el fin de semana con sus padres.

El anciano fue el único que pudo contarle algo concreto. Algo acerca de un coche rojo, un auto desconocido de color carmín intenso que había permanecido aparcado en la calle, a unos treinta metros del portal, desde las once de la noche hasta bien entrada la madrugada del domingo.

¿Tenía la Policía constancia de ese coche rojo? ¿Constituía ese hecho un dato importante? Podía pertenecer a cualquiera. No cuadraba que un violador dejara aparcado su coche en las inmediaciones de la escena del crimen. Por otro lado, el fornido dentista no era de los que metían a violadores en el mismo saco que a otros delincuentes. Asociaba a los delincuentes sexuales con seres babosos, barriobajeros y de escasa inteligencia. No obstante, ahora que él mismo se había lanzado a la caza y captura del criminal, y que se obligaba a mostrarse algo más reflexivo, no podía..., no quería descartar la posibilidad de que aquel hombre fuera el propietario del coche rojo.

En todo caso, era lo único tangible: un coche rojo, berlina, modelo y matrícula desconocidos.

Soltó un suspiro triste y se puso a preparar algo parecido a una comida para él mismo y para su hija, que seguía sin decir nada de nada.

Eran casi las diez de la noche, yacían en el suelo y habían hecho el amor. Estaban recostadas sobre dos edredones y se tapaban con un cortinón antitérmico que colgaba delante de la puerta de la terraza, temerariamente entreabierta. Las cortinas estaban cerradas y habían hecho el menor ruido posible. Oían sonidos lejanos que provenían de las demás terrazas: una pareja que discutía en el piso de abajo y la televisión del vecino de al lado. Hanne y Cecilie llevaban ahí tumbadas desde antes de las noticias de las siete.

—Realmente, no sé qué hacemos aquí tiradas. —Hanne se rio entre dientes—. Está duro y me duele el coxis.

—Eres una ñoña, mírame, ¡tengo quemaduras!

Cecilie le puso la rodilla a la altura de la cara. Era cierto, tenía una fuerte y considerable rozadura. Nunca iban a aprender. Había ocurrido algunas veces que una de las dos en plena fricción contra la alfombra del suelo se llenaba de marcas muy feas en los codos o en las rodillas, en cuanto se salían del edredón.

—Pobrecita —dijo Hanne, y le besó la rodilla dolorida—. ¿Por qué siempre acabamos aquí?

—Porque es enormemente acogedor —le contestó su novia, que se levantó.

—¿Te vas?

—No, quiero coger un edredón, tengo frío.

Empuñó la colcha superior y empezó a tirar de ella, lo que hizo rodar a Hanne. Cecilie se colocó a hurtadillas al lado de Hanne y la besó justo donde la espalda se divide.

—Pobre rabadilla —dijo, y se acurrucó al lado de Hanne, tapando a ambas con el edredón.

Hanne se puso de lado, apoyó la cabeza en el hombro de su compañera y le acarició suavemente con el dedo índice el seno derecho.

—¿Qué harías si alguien me violara? —preguntó de sopetón.

—¿Te violara? ¿Por qué querría alguien violarte? No serás tan torpe como para dejarte violar.

—Por favor, cariño, sácate esa idea de la cabeza. No tiene nada que ver la torpeza cuando una chica es violada.

—¿Ah, no? Entonces, ¿por qué ninguna de nuestras amigas ha sido víctima de violación? ¿Por qué salen siempre en los periódicos historias de chicas violadas en los lugares más lúgubres de la ciudad, a horas intempestivas? Si una toma las precauciones necesarias, no se expone a una violación.

Hanne no estaba dispuesta a discutir en aquel momento y en aquel lugar, aunque la irritación que le provocaba la falta de comprensión de su pareja empezaba a cansarla. No, ahora estaba demasiado a gusto como para ponerse a discutir, no le apetecía. Prefirió inclinarse y dejar que su lengua resbalara en círculos húmedos alrededor de la areola de Cecilie, con mucha delicadeza, para no tocar el pezón. Se detuvo repentinamente.

—En serio —insistió—. ¿Qué harías? ¿Qué sentirías?

La otra mujer se levantó perezosamente, apoyándose en sus antebrazos y se giró a medias hacia ella. La lucecita verde de la pantallita del inmenso aparato de música iluminaba su rostro, confiriéndole un aspecto supraterrenal.

—Eres el fantasma más guapo del mundo —dijo Hanne en voz baja y soltando una carcajada—. Indiscutiblemente, el fantasma más hermoso del planeta.

Cazó un rizo de la larga melena rubia y se lo enroscó en el dedo.

—Por favor —volvió a insistir—, ¿no puedes decirme lo que harías?

Finalmente, Cecilie comprendió que hablaba en serio. Se incorporó un poco y enderezó la espalda como si ese gesto la ayudara a concentrarse mejor. Entonces dijo alto y claro y con voz grave:

—Mataría al tío. —Se detuvo bruscamente y reflexionó durante diez segundos—. Sí, lo mataría sin dudarlo.

Era justo la respuesta que Hanne quería oír. Se levantó y besó a su novia con ternura.

—Respuesta correcta —dijo brindándole una sonrisa—. Ahora tenemos que dormir.

Viernes, 4 de junio

*F*inn Håverstad se adentraba rara vez en la zona este de la ciudad. Su despacho estaba ubicado en una mansión colosal, vieja y muy costosa de mantener, en el acomodado barrio de Frogner, al oeste. El bajo estaba ocupado por un estudio de arquitectura, uno de los pocos que habían sobrevivido a la prolongada crisis del sector. En la primera planta se alojaban los tres dentistas, en unos locales atractivos con mucha luz, sol y aire por los cuatro costados.

La casa familiar estaba en Volvat, un lugar céntrico y al mismo tiempo rural sobre un terreno de unos mil quinientos metros cuadrados. Si bien la clínica dental había sido muy rentable durante los últimos quince años, fue sobre todo un buen pellizco como adelanto de la herencia lo que le había permitido estar en condiciones de comprarla en 1978. Su hija adoraba esa casa, y él podía llegar hasta su despacho en un paseo de veinte minutos, aunque no lo hacía nunca.

Este lado de la ciudad era distinto, no era especialmente más sucio, tampoco más vulgar, sino que… olía más. El humo de los coches formaba capas más densas y la ciudad aquí desprendía un olor más fuerte, como si hubiese olvidado echarse desodorante. Además, el ruido era bastante más elevado. No se sentía a gusto.

Típicamente noruego, emplazar la comisaría en la zona más desoladora de la ciudad. El Estado compraría el solar por cuatro duros; encima, las posibilidades de aparcar eran penosas. Conducía el BMW con prudencia al entrar por el acceso oscuro, situado al pie de la cuesta que subía hasta el edificio.

Tuvo que aguardar diez minutos hasta lograr aparcar. Un chaval salió rugiendo de su plaza conduciendo un viejo Volvo Amazon y rozó la esquina de piedra en la última curva al salir del aparcamiento. La pared presentaba unas franjas amarillas y negras que indicaban que el chico no había sido el primero en topar con esa esquina. El dentista quedó advertido, por lo cual maniobró lo necesario para dejar el coche en su sitio y dudó si bajarse o no, ya que llevaba un cuarto de hora de retraso.

Ella no comentó su demora de dieciocho minutos, estaba sonriente y atenta, simple y llanamente agradable. Eso lo dejó muy desconcertado.

—No estaremos mucho tiempo —dijo, para tranquilizarlo—. ¿Café? ¿Tal vez té?

Hanne fue por café para ambos y encendió un cigarrillo, tras asegurarse de que no le molestaba lo más mínimo a su invitado.

Durante un espacio de tiempo interminable, se quedó sentada, sin decir palabra, soltando bocanadas por todo el cuarto y siguiendo las nubes de humo con la mirada turbia. Él empezó a moverse inquieto en la silla, en parte por su incomodidad. Al final no aguantó más el silencio.

—¿Deseaba algo en especial de mí? —dijo, y se sorprendió por el tono moderado de su propia voz.

Hanne clavó su mirada en él, como si no supiera que llevaba ahí un buen rato.

—Sí, claro —dijo, en un tono casi jocoso—. Quiero algo especial de usted. Pero primero…

Apagó el cigarrillo, le lanzó una mirada interrogativa y, a todas luces, recibió la respuesta que buscaba, porque el hombre extendió el brazo en un gesto de conformidad y ella encendió inmediatamente otro pitillo.

—Debería dejar esto —dijo en tono confidente—. Tengo un jefe aquí, ha fumado así durante treinta años. Debería oír esa tos que tiene ¡Escuche!

Se quedó quieta y ladeó la cabeza. Desde lejos, del fondo del pasillo, llegaba el eco de un acceso de tos estertoroso.

—Lo oye, ¿verdad? —dijo, triunfante—. ¡Esta sustancia es altamente letal!

Fulminó el paquete de tabaco semivacío con una mirada de desagrado y se distrajo un instante.

—Bueno, pues a lo que íbamos —dijo, tan de golpe y tan fuerte que el hombre pegó un salto en la silla.

Notó que había empezado a sudar y se pasó el dedo índice, lo más discretamente posible, por el labio superior.

—En primer lugar, las formalidades —dijo en tono neutral, escribiendo el nombre, la dirección y el número de identificación según se lo iba dictando—. A continuación, tengo que advertirle lo siguiente: debe decir la verdad a la Policía, está sancionado con penas de cárcel declarar en falso, ya que es usted testigo… —sonrió y le miró—, y no está inculpado en ningún proceso penal. ¡Los procesados sí que pueden mentir todo lo que quieran! Bueno, casi. Es injusto, ¿no cree?

La enorme cabeza asentía. En ese momento estaba dispuesto a aceptar cualquier cosa que viniese de esa mujer, porque le asustaba más de lo que aparentaba. La primera vez que la vio, el lunes anterior, se había fijado en que era muy atractiva. Bastante alta, delgada, aunque con las caderas bien rollizas y el pecho prominente. Ahora se parecía más a una amazona. Volvió a pasar el dedo bajo la nariz, pero no le sirvió de nada. Sacó un pañuelo recién planchado y se secó a la altura de las dos sienes.

—¿Tiene usted calor? Lo siento, este edificio es totalmente inadecuado para las altas temperaturas que padecemos estos días.

No hizo ademán de querer abrir la ventana.

—Por cierto —dijo—, no es obligatorio que hable, puede negarse. Pero no lo hará, ¿verdad?

Él sacudió la cabeza con tanto ímpetu que tuvo la sensación de ver volar las gotas de sudor.

—Bien —determinó la mujer—. Entonces, empecemos.

Durante media hora, Hanne le hizo preguntas rutinarias y de carácter general. A qué hora llegó al piso de su hija el pasado domingo y dónde estuvo ella sentada exactamente cuando entró. Si estaba vestida y si él había retirado algún objeto del lugar. Si había notado algo diferente o poco común más allá del estado físico y mental de su hija, como olores, ruidos y cosas por el estilo. Sobre el estado actual de su hija, cuáles habían sido sus reacciones en los días posteriores. Sobre cómo se encontraba él.

Aunque hablar del caso le dolía en lo más profundo de su ser, empezó a sentir cierto alivio. Sus hombros se relajaron y el cuarto pareció menos asfixiante. Para colmo, bebió un poco de café mientras ella hacía una pausa en el interrogatorio para pasar las anotaciones a la vetusta máquina de escribir eléctrica de bola que tenía delante.

—No es precisamente el último grito —comentó el hombre con cautela.

Sin parar y sin mirarlo, le contó que estaba en la lista de espera para obtener su propio PC, tal vez llegara la siguiente semana, puede que dentro de un mes.

Tardó veinte minutos en mecanografiarlo todo y se encendió un cigarro.

—¿Qué hizo ayer en casa de los vecinos de Kristine?

Resultaba incomprensible que la pregunta lo cogiera por sorpresa de esa manera, porque sabía que llegaría tarde o temprano. Repasó al vuelo en su mente las consecuencias que tendría mentir, y una larga vida de medio siglo en el lado obediente de la sociedad ganó la partida.

—Quería indagar un poco por mi cuenta —reconoció.

Por fin, lo dijo, no mintió y se sintió estupendamente bien. Vio que ella se había dado cuenta de que él había estado planteándose tomar cualquier otra salida.

—¿Va a jugar a detective privado?

El comentario no era sarcástico. Había cambiado su carácter, el rostro era más suave, giró la silla hacia él y, por primera vez desde que llegó, mantuvo el contacto visual.

—Escuche, Håverstad. Evidentemente, no sé cómo lo está pasando, pero me lo puedo imaginar, más o menos. Han desfilado ya cuarenta y dos casos de violación por mi mesa, nadie llega a acostumbrarse del todo. Ninguno se parece, salvo en una cosa: son igual de repulsivos, tanto para las víctimas como para la gente que las quiere. Lo he visto tantas veces… —Se levantó, abrió la ventana y colocó un pequeño y espantoso cenicero de vidrio marrón en la abertura para evitar que se cerrara—. Con frecuencia…, ¡créame!…, con frecuencia le he dado vueltas en mi cabeza a cómo reaccionaría si fuera mi…

—se mordió la lengua—, si fuera una persona muy cercana a mí la que hubiera pasado por algo así. Solo especulaciones, claro está, porque no estoy, afortunadamente, en la situación de haberlo vivido. —Su mano fina se cerró y golpeó tres veces la mesa—. Pero creo que me invadirían pensamientos de venganza. En primer lugar, me volcaría en el cuidado y la atención de otros. Se puede canalizar mucha desesperación en la ayuda y el apoyo a los demás. Pero no hace falta que me diga que no consigue aproximarse a ella, lo sé. Las víctimas de violaciones son difíciles de alcanzar y es cuando se revela la sed de venganza. La venganza... —Cruzó los brazos sobre el pecho y su mirada se perdió por encima de su cabeza en un punto remoto—. Creo que subestimamos nuestra necesidad de venganza. ¡Debería oír a los juristas! Si uno solo se atreve a mencionar que la venganza tiene cierto sentido en el hecho de castigar, sueltan toda la artillería, dándonos lecciones de historia judicial sobre que esa cuestión la dejamos atrás hace ya varios siglos. Aquí en el norte, la venganza no se considera un acto suficientemente noble. Es simple, abyecta y, ante todo... —Se mordió el labio mientras buscaba la palabra—. ¡Primitiva! ¡Lo vemos como un acto primitivo! Un error garrafal, esa es mi opinión. La necesidad de vengarnos es inherente al ser humano. La frustración que la gente siente cuando a los violadores les cae año y medio de cárcel no se atenúa con frases jurídicas vacías acerca de la seguridad pública y de las políticas de rehabilitación. ¡La gente exige venganza! Alguien que se ha comportado de un modo cruel debe padecer la misma crueldad, y punto.

Finn intuía adónde lo quería llevar aquella singular subinspectora. La incertidumbre seguía molestándolo, pero había algo en su desmesurado interés, en sus ojos, en los gestos que producía con todo el cuerpo para subrayar sus puntos de vista, que le decía que esa mujer nunca le haría daño. Era su manera de prevenirlo contra lo que estaba a punto de iniciar. Advertencia, desde luego, pero una advertencia compasiva y bienintencionada.

—Pero ¿sabe, usted?, las cosas aquí no funcionan de esta manera. El caso es que las personas no resuelven los delitos por su cuenta y no llevan a cabo sus venganzas en las noches oscuras y tenebrosas, para el regocijo secreto del público. Eso sucede en las películas y tal vez en Estados Unidos.

Llamaron a la puerta y una figura imponente entró sin esperar respuesta. Medía al menos dos metros, la cabeza pelada con un bigote abultado y rojo sin arreglar y una cruz invertida de pendiente.

—Ah, perdona —exclamó al ver a Håverstad, aunque lo dijo sin sentirlo y miró a la subinspectora—. La cervecita de los viernes a las cuatro. ¿Te vienes?

—¡Si se permite participar con una cervecita del viernes «sin», a lo mejor!

—Entonces nos vemos a las cuatro —dijo el monstruo, y cerró la puerta con un estruendo.

—Es policía —aseguró, como queriendo disculparlo—. Es de Vigilancias, de Seguimientos. A veces son un poco raros.

El ambiente cambió, había acabado la conferencia. Posó las dos hojas mecanografiadas delante de él para que pudiera repasarlas. No tardó nada. No ponía nada de lo que habían hablado —de lo que ella había dicho— durante la última media hora. Hanne puso el dedo índice en la parte inferior del segundo folio y él firmó.

—Aquí también —añadió, y apuntó al margen del primer folio.

Indudablemente, ya se podía marchar. Se levantó, pero ella apartó la mano que el hombre le ofrecía para despedirse.

—Lo acompaño hasta la salida.

Cerró el despacho con llave y caminó a su lado por el pasillo de baldosas y puertas azules. Gente ajetreada subía y bajaba correteando por el corredor, ninguno llevaba uniforme. Ambos pararon cuando alcanzaron las escaleras. Ahora estaba dispuesta a aceptar el apretón de manos.

—Acepte un buen consejo de mi parte: no se mezcle en asuntos que le pueden venir muy grandes, dedíquese a otra cosa. Llévese a su hija de vacaciones, a la montaña, al sur de Europa, lo que sea. Pero deje que nosotros hagamos nuestro trabajo.

El hombre murmuró algunas palabras de despedida y bajó por las escaleras. Hanne lo siguió con la mirada hasta que él se acercó a las pesadas puertas metálicas que mantenían encerrado el sofocante calor. Luego se acercó a las ventanas que daban al oeste y, justo en ese momento, apareció en su campo de visión. Avanzaba pesadamente y cabizbajo, casi como un anciano. Se detuvo un instante para enderezar la espalda hasta que desapareció por las escaleras que daban al aparcamiento subterráneo.

En ese momento, Hanne sintió verdadera lástima por aquel hombre.

En otras circunstancias, Kristine habría disfrutado de estar en casa sola. Pero en aquel momento, no estaba en condiciones de disfrutar de nada. Estaba despierta cuando su padre se levantó, pero se quedó en la cama hasta las siete y media, cuando oyó la puerta de entrada cerrarse detrás de él. Luego agotó toda el agua caliente. Primero se duchó durante veinte minutos, frotándose hasta dejar la piel roja y dolorida, y después se tomó un largo y humeante baño de espuma. Se había convertido en una rutina, casi un ritual cada mañana.

Ahora vestía un chándal viejo y un par de zapatillas de piel de foca desgastadas y ojeaba su colección de CD. Cuando se fue de casa, hacía dos años, se llevó solo los más recientes, así como sus favoritos. El montón que había dejado atrás era bastante voluminoso. Sacó un viejo CD de A-ha: *Hunting High and Low*: el título era muy acertado. Tenía la impresión de estar buscando algo cuyo paradero desconocía, e ignoraba de qué se trataba. En el momento de abrir la funda, esta se cayó al suelo. Una de las fijaciones de plástico de la tapa se había partido y profirió juramentos en voz baja cuando las piezas no se dejaron armar. Enojada, intentó conseguir lo que ya sabía que era imposible, y la otra fijación también acabó rompiéndose. Furiosa, arrojó ambas partes al suelo y empezó a llorar. Vaya mierda de fábricas de CD. Estuvo llorando media hora.

Morten Harket, el vocalista de A-ha, no se dividió en dos. Sentado e inclinado hacia delante, con los brazos musculosos y rígidos, tenía los ojos fijos en un punto situado detrás de ella. La mirada en blanco y negro era impenetrable. Kristine había estudiado Medicina durante cuatro años y estaba muy familiarizada con la anatomía. Sacó la cartulina de la portada de entre los trozos rotos de la funda de plástico. Aquel músculo no era visible en personas normales, se necesitaba mucho entrenamiento para eso, muchas pesas. Se palpó sus propios brazos delgados. El tríceps estaba en su sitio, solo que no se notaba a la vista. El de Morten Harket era muy visible. Sobresalía en la parte inferior del brazo, potente y definido. Se quedó observándolo fijamente.

El hombre estaba en forma y se podían ver sus tríceps. Cuando intentaba retroceder a aquella terrible noche, le era imposible recordar en qué momento lo había vislumbrado. Quizá no lo viera, tal vez solo lo había sentido, pero estaba segura al cien por cien, el agresor tenía los tríceps abultados.

Algo que en teoría no tenía la menor importancia.

Se sobresaltó al oír ruidos en el pasillo, como si la fueran a pillar con las manos en la masa. La adrenalina corría impetuosamente por sus venas y recogió a toda velocidad los trocitos de plástico, intentando esconderlos entre el montón de CD tirados a sus pies. Acto seguido volvió el llanto.

Últimamente, todo la asustaba. Por la mañana, un pajarito se estampó contra el ventanal panorámico del salón, mientras ella intentaba ingerir algo de comida. El ruido la asustó y pegó un salto hasta el techo. Supo enseguida lo que era, pues aquellas pobres criaturas se estrellaban continuamente contra la ventana. Salían casi siempre indemnes y a veces se quedaban tiradas media hora hasta ponerse de pie titubeando y aleteando para despertar antes de salir volando dando tumbos. Esta vez salió a recoger el pajarillo y notó cómo latía su corazoncito, cosa que le produjo una profunda consternación. Al final, el pájaro murió, por miedo y porque ella lo había recogido. Se sintió culpable y avergonzada.

Su padre se inclinó sobre ella, la incorporó y ella se tambaleó como si no estuviese en condiciones físicas de mantener erguido su cuerpo enclenque. No recordaba que estuviera tan delgada y se estremeció al sujetarla por sus enjutas muñecas para evitar que se cayera. La llevó con cuidado hasta el sofá, y ella se dejó apoltronar entre los cojines profundos, apática y sin protestar. Él se sentó a su lado dejando un espacio entre ambos. Luego cambió de idea y se acercó más, pero se detuvo bruscamente cuando ella mostró signos de querer separarse. Dubitativo, cogió su mano. Ella se lo permitió.

No existía ningún otro contacto físico entre ellos, algo que Kristine agradeció. No era capaz de hacer el mínimo esfuerzo, lo deseaba tanto, al menos quería decir algo, cualquier cosa.

—Lo siento, papá, lo siento tanto.

Lo cierto es que él no oyó lo que dijo, además lloraba con tanta fuerza que no lograba pronunciar la mitad de las palabras, pero habló. Estuvo dudando un instante si debía contestarle algo. ¿Interpretaría ella su silencio como un signo de desánimo? ¿O tal vez era precisamente lo mejor, no decir nada, solo escuchar? Como solución intermedia, carraspeó.

Fue a todas luces lo correcto. Se deslizó mansamente hacia él, casi recelando, pero al final pegó el rostro contra su cuello y ahí permaneció quieta. Estaba muy incómodo, pero, como una columna de sal, con un brazo protegiéndola y con la otra mano cogiendo la suya, se quedó inmóvil durante media hora. En aquel preciso segundo comprendió que la decisión que había tomado cuando encontró a su hija en el suelo, hacía menos de una semana, deshecha y destrozada, una determinación que había puesto en tela de juicio durante su visita a la Policía aquella la mañana, había sido la correcta.

—¿Existe alguna posibilidad de encontrar algo sensato en todo esto?

Como todos los sumarios eran ya de cierta envergadura, nadie tenía el monopolio sobre la llamada sala de emergencias. En todo caso, no era como para tirar cohetes, pero, al fin y al cabo, era un cuarto tan útil como cualquier otro.

Erik Henriksen sudaba más de lo habitual y estaba rojo como un tomate, hasta tal punto que parecía un semáforo ambulante. Estaba sentado ante una mesa inclinada con un mar de informes y notificaciones encima. Eran pistas sobre el caso de Kristine Håverstad.

El oficial levantó la mirada y puso los ojos en Hanne.

—Aquí hay de todo —dijo, riéndose—. Escucha esto: «El retrato se parece sobremanera al juez de primera instancia Arne Høgtveit. Saludos de Ulf, *el Norteño*».

Hanne dibujó una sonrisa de oreja a oreja. Ulf, *el Norteño*, era un conocido criminal que pasaba más tiempo dentro que fuera de la cárcel. Era probable que el juez Høgtveit se hubiera encargado de sus últimas estancias.

—Tampoco es ninguna tontería, se parece un poquito —dijo, arrugando el papel y apuntando a la papelera junto a la puerta—. ¡Canasta!

—O este —prosiguió Erik Henriksen—: «El autor de los hechos debe de ser mi hijo, pues lleva desde 1991 poseído por espíritus del mal. Ha cerrado su puerta al Señor».

—Bueno, no está mal —dijo Hanne—. ¿Has indagado algo?

—Sí, el hombre es pastor en la iglesia de Drammen, y su mujer, o sea, la madre del chico, está internada en el psiquiátrico de Lier desde 1991.

Ahora soltó una tremenda carcajada.

—¿Son todos de esa índole?

Echó un vistazo a todos los montículos de papel esparcidos por la mesa de un modo, aparentemente, caótico, aunque respondía sin duda a un sistema concreto.

—Estos... —Henriksen dio una palmada sobre el montón situado arriba a la izquierda—... son auténticas chorradas.

Por desgracia, era la pila más voluminosa.

—Estos... —el puño golpeó el montón de menor tamaño situado debajo— son abogados, jueces y policías.

A continuación, recorrió con los dedos las pilas restantes.

—Aquí tenemos a antiguos violadores; aquí, a hombres normales aunque desconocidos para nosotros; aquí hay personas que, supuestamente, son demasiado mayores, y aquí... —recogió los cinco folios solitarios—, son mujeres.

—Mujeres —contestó Hanne, bromeando—. ¿Han entrado avisos sobre mujeres?

—Sí, ¿lo tiramos?

—Sin duda. Guarda el montón con los juristas y los policías, y tal vez el de los rarillos, pero no pierdas tiempo con ellos, de momento. Concéntrate en los agresores sexuales y en los hombres normales aunque desconocidos. Partiendo de la base de que los informadores son medianamente serios, ¿cuántos nos quedan?

El recuento fue expeditivo.

—Veintisiete hombres.

—Que a ciencia cierta no lo habrán hecho —suspiró Hanne—. Pero cítalos a todos lo antes posible y avísame si ves algo especialmente interesante. ¿Funciona este teléfono?

Sorprendido, el oficial contestó que suponía que sí. Levantó el auricular y se lo acercó al oído para probar.

—Al menos tiene tono de línea. ¿No se supone que debería funcionar?

—Siempre hay problemas con el equipo en esta sala, solo basura que nadie quiere.

Sacó un papelito del bolsillo de sus ajustados vaqueros y marcó un número de Oslo.

—Especialista jefe Bente Reistadvik, gracias —soltó a bocajarro, en cuanto alguien al otro lado le contestó.

Enseguida la especialista se puso al teléfono.

—Soy Wilhelmsen, de Homicidios, jefatura de Oslo. Tenéis un par de casos míos por ahí. Primero…

Volvió a leer el papel.

—Sumario 93-03541, la víctima es Kristine Håverstad. Hemos pedido un análisis de ADN y, además, hemos mandado algunas fibras, pelos y diferentes residuos.

Se hizo un silencio largo sin que Hanne anotara nada, la mirada perdida.

—Pues nada, ¿cuándo podrá estar, así, aproximadamente?… ¿Tanto?

Exhaló un lamento, se dio la vuelta y apoyó el trasero en el escritorio.

—¿Qué hay de nuestra masacre del sábado? ¿Tienes algo para mí?

A los diez segundos miró fijamente al oficial pelirrojo con una expresión de asombro.

—¡No me digas! Vale.

Hubo una pausa larga, luego se giró y empezó a buscar algo sobre lo que escribir hasta que el otro le alcanzó una hoja y un bolígrafo. Se llevó el cable esquivando la esquina de la mesa y se sentó a un lado de los dos escritorios colocados uno enfrente del otro.

—Interesante. ¿Cuándo podré tenerlo por escrito?

Nuevamente una pausa.

—¡Estupendo y gracias!

Hanne puso el auricular en su sitio y siguió anotando cosas durante minuto y medio. Luego releyó lo que había escrito sin decir ni media palabra. A continuación, plegó dos veces la hoja, se levantó de la silla, se metió el papel en el bolsillo trasero del pantalón y se marchó de la habitación sin siquiera despedirse de Erik, que se quedó allí, bastante decepcionado.

El bronceado era igual de artificial que la musculatura. Lo primero, como resultado de la cantidad ingente de rayos UVA absorbidos, suficientes como para producir un cáncer de piel incurable a toda una compañía. Los músculos inflados, por su parte, recibieron la inestimable ayuda de preparados artificiales, más concretamente de distintas formas de testosterona y, en su mayoría, de esteroides anabolizantes.

Adoraba su físico. Siempre quiso tener ese aspecto, sobre todo cuando bizco, delgado y con el pelo ralo entró en la pubertad a razón de una paliza diaria que le propinaban los demás chavales. Su madre no había podido evitarlo. Con un aliento que olía a pastillas y alcohol, había intentado en vano consolarlo cuando regresaba a casa con los ojos hinchados, las rodillas ensangrentadas y los labios rotos. Pero ella se escondía detrás de las cortinas sin intervenir cuando los palurdos de la vecindad los desafiaban a ella y a su hijo, trasladando las peleas cada vez más cerca del bloque donde vivían. Él lo sabía porque, cuando, al principio, había pedido auxilio mirando en dirección a las cortinas de la cocina de la primera planta, había divisado el movimiento en el momento en que ella había dado un paso hacia atrás para esconderse. Se escondía siempre. Lo que ignoraba es que era ella, más que la figura endeble de su hijo, lo que provocaba todas esas palizas. Los chavales de su calle tenían madres de verdad: mujeres sonrientes y desenvueltas que invitaban a bocatas y leche; algunas trabajaban, aunque no a tiempo completo. Los demás tenían hermanas o hermanitos pesados, además de padres. No todos vivían allí, ciertamente, pues, a principios de los setenta, la tendencia a divorciarse había alcanzado también el pequeño pueblo en el que creció. Aun así, los papás llegaban en coche los sábados por la mañana, con la camisa remangada, la sonrisa ancha y con cañas de pescar en el maletero. Todos menos el suyo.

Los muchachos apodaron a la madre Alco-Guri. Cuando era pequeño, muy pequeño, le pareció que su madre tenía un nombre muy bonito, Guri. Después de aparecer el apodo de Alco-Guri, lo odiaba. Ahora, no aguantaba a las mujeres que tenían el mismo nombre. De hecho, no soportaba a las mujeres en general.

Después de la pubertad, dejaron de meterse con él: tenía diecisiete años y había crecido 18 centímetros en año y medio. Ya no tenía granos en la cara y se ensanchó de hombros. La bizquera fue corregida mediante operación y tuvo que llevar un parche humillante en el ojo, lo que no aumentó precisamente su popularidad. El pelo era rubio y su madre dijo que era guapo. Pero, paradojas de la vida, no lograba entender cómo, por ejemplo, Aksel podía tener novia cuando a él nadie lo miraba. Aksel era un compañero de clase regordete y con gafas, que, además, medía una cabeza menos que él.

No eran, propiamente dicho, malos con él, solo lo evitaban y le soltaban algún que otro dardo envenenado de vez en cuando. En especial las chicas.

Cuando cursaba el penúltimo año de instituto, Alco-Guri acabó de trastornarse por completo y la internaron en un hospital psiquiátrico. La visitó una vez, justo después de su ingreso en el centro. Estaba acostada, entubada e ida por completo. No supo qué hacer ni qué decir. Mientras, callado, escuchaba las tonterías que profanaba su madre, el edredón se había resbalado, dejándola ligeramente destapada. Tenía el camisón abierto y uno de los pechos, un trapo arrugado y vacío con un pezón casi negro, le había mirado fijamente como un ojo acusatorio. Se fue y no volvió a verla nunca. Aquel día supo lo que quería ser y nadie jamás iba a volver a molestarlo.

Ahora se encontraba delante de un ordenador y se lo estaba pensando con mucho detenimiento. La elección no era fácil, tenía que apostar por los más seguros. A los que nadie echaría de menos. De vez en cuando se levantaba y se acercaba al armario archivador, sacaba carpetas y observaba la pequeña foto de pasaporte fijada con un clip en la parte superior de la primera página. Esas fotografías siempre mentían, lo sabía por su amarga experiencia. Pero, al menos, le proporcionaban alguna pista.

En definitiva, estaba satisfecho con el resultado. Notaba cómo aumentaba la tensión, como un chute, muy parecido a cuando se medía los músculos y sabía que sus bíceps habían aumentado un centímetro desde la última medición.

El plan era genial, y lo más genial de todo era que engañaba a otros, los engañaba y los fastidiaba. Sabía cómo lo estaban pasando esos imbéciles de la Brigada Judicial, allá en la jefatura. Se estaban volviendo locos con aquello. Incluso sabía que lo denominaban: «las masacres de los sábados». Sonrió. No eran lo suficientemente listos como para entender las pistas que dejaba, el hilo conductor. Idiotas, todos ellos.

Se sentía pletórico.

—Oye, ¿me puedes decir dónde te metes últimamente? —preguntó Hanne, dejándose caer en el sillón de invitados en el despacho de Håkon.

Estaba luchando con un trozo de picadura de mascar demasiado líquido y el labio superior adoptó una forma espasmódica extraña para impedir que penetrara en su boca el sabor amargo del tabaco.

—¡Casi no te veo el plumero!

—Los tribunales —masculló, intentando colocar con la lengua el polvillo de tabaco en su sitio. Pero tuvo que desistir, pasó el dedo índice por debajo del labio y vació los desechos de rapé. Sacudió el dedo contra el borde de la papelera y secó el resto en el pantalón.

—¡Cerdo! —murmuró Hanne.

—Estoy hasta el cuello, tengo demasiado trabajo —dijo, e hizo caso omiso del comentario—. En primer lugar, estoy en los tribunales casi a diario; por otro lado, me como demasiados turnos con excesiva frecuencia, ya que la gente se da de baja un día sí y otro no. No doy abasto. —Señaló con el dedo a uno de los habituales montones de carpetas verdes que en esos días parecían perseguirlos a todos—. No he dispuesto de tiempo siquiera para echarles una ojeada. ¡Ni los he mirado!

Hanne se inclinó hacia la mesa, abrió una carpeta que llevaba consigo y la posó delante de él. Luego empujó la silla hasta colocarla a su lado, de modo que quedaran emparejados como alumnos de primaria compartiendo el mismo libro de lectura.

—Pues aquí te voy a enseñar algo muy emocionante: las masacres de los sábados. Acabo de hablar con el laboratorio forense; están todavía trabajando en ello, pero las pruebas provisionales son extraordinariamente interesantes. Mira esto.

La carpeta rígida contenía una serie de láminas con dos fotos pegadas en cada una: en total había tres planchas y seis fotografías. Había flechitas blancas fijadas en dos o tres puntos de cada foto, tomadas desde diversos ángulos. Le costaba mantener la carpeta abierta, era muy rígida y tendía a cerrarse continuamente. La sostuvo con las dos manos y la partió en dos. Eso ayudó.

—Estas son de la primera escena, la leñera de Tøyen. Les pedí que realizaran tres pruebas tomadas en sitios diferentes.

«¿Con qué propósito?», se preguntó Håkon, pero no dijo nada.

—Pues el caso es que fue una idea cojonuda —dijo Hanne, la mentalista—. Porque aquí… —indicó la foto número uno con las dos flechas blancas— hubo sangre humana, de una mujer. He pedido un estudio exhaustivo, pero llevará su tiempo. Pero aquí —prosiguió, señalando la otra flechita, pasando a la siguiente lámina y señalando una nueva flecha sobre una foto que llevaba tres—, aquí es otra cosa, ¿entiendes? ¡Sangre de animal!

—¿Sangre de animal?

—Sí, presuntamente de cerdo, pero no lo sabemos aún, lo sabremos pronto.

La muestra de sangre humana había sido tomada desde el centro del baño de sangre. La sangre animal pertenece al área periférica.

Cerró la carpeta, pero permaneció sentada a su lado sin hacer ademán de querer moverse. No hablaron. Hanne percibió un aroma suave y agradable de *after shave* que no reconocía, olía bien. Ninguno de los dos tenía la menor idea de lo que podían significar las dos muestras de sangre.

—Si toda la sangre proviniera de un animal, la historia del gracioso cobraría más fuerza —susurró Hanne, al cabo de un rato, más para sus adentros que para Håkon—. El caso es que ahora no solo procede de un animal...

Miró el reloj y se alarmó.

—Tengo que salir pitando, la cerveza de los viernes con compañeros de promoción. Buen fin de semana.

—Sí, seguro que os sentará de maravilla —musitó, desalentado—. Me toca turno de guardia de sábado a domingo, todo un festín, con este tiempo. Ya no me acuerdo de la sensación que produce el frío.

—¡Venga, feliz turno! —dijo sonriendo al salir por la puerta.

Una cervecita en contadas ocasiones con los viejos colegas de la academia, la fiesta de verano y la cena de Navidad constituían el escaso roce que mantenía con su quinta, en cuanto a su vida social, fuera del horario de oficina. Eran momentos amenos y muy distantes. Aparcó la moto y meditó si dejarla en un área tan abierta, en plena explanada de Vaterland, pero decidió tentar la suerte. Por si acaso, utilizó las dos cadenas para asegurarla mejor. Las enganchó a sendas ruedas y, a su vez, a dos postes metálicos adyacentes y muy oportunos.

Se quitó el casco, se sacudió el pelo, que se había quedado aplastado, y subió las escaleras del sospechoso antro que albergaba la parrilla urbana más recóndita de la ciudad; literalmente debajo de un puente de carretera.

Eran cerca de las cuatro y media y los demás llevaban ya unas cuantas pintas encima, a juzgar por el ruido. La recibieron con aplausos y gritos ensordecedores. Era la única mujer. De hecho, no había más gente en todo el local que los siete policías allí sentados. De entre los aposentos traseros salió una asiática menudita que se abalanzó sobre ellos.

—Una cerveza para mi chica —rugió Billy T., el monstruo que tanto había impresionado esa misma mañana a Finn Håverstad.

—No, no —dijo esquivando la invitación, y se pidió una Munkholm sin alcohol.

Al minuto tenía una Clausthaler encima de la mesa. Estaba claro que a la camarera le importaba poco un tipo de «sin» que otro; aunque a Hanne no le daba igual, no protestó.

—¿Qué te traes últimamente entre manos, muñeca? —preguntó Billy T. arropándola con su brazo.

—Deberías deshacerte de este bigote —le contestó ella, tirando del enorme pelambre rojo, que había dejado crecer en un tiempo récord.

Hundió la cabeza entre los hombros haciéndose el ofendido.

—¡Mi bigote! ¡Mi espléndido bigote! Tenías que haber visto a mis chicos, casi se mueren de miedo cuando me vieron la primera vez. ¡Y ahora quieren uno igual, todos!

Billy T. tenía cuatro hijos. Un viernes de cada dos, por la tarde, daba vueltas por la ciudad con su coche recogiendo en cuatro domicilios distintos a sus cuatro chavales. El domingo por la noche recorría la misma ruta de vuelta, entregando a cuatro chicos agotados y felices a la custodia más protectora de sus respectivas madres.

—Oye, Billy T., tú que lo sabes todo —empezó diciendo Hanne, después de que, ofuscado por el comentario bigotudo, el hombre retirara el brazo de su hombro.

—Ajá, y ¿se puede saber lo que estás buscando ahora? —bromeó.

—No, nada. Pero ¿sabes dónde conseguir sangre? ¿Cantidades ingentes de sangre?

Súbitamente, todos se callaron, salvo uno que estaba en medio de una buena historia y no se había percatado de lo que había dicho la mujer. Cuando se dio cuenta de que los demás se habían callado y de que estaban más intrigados por la pregunta de Hanne que por su chiste, agarró el vaso de cerveza y bebió.

—¿Sangre? ¿Sangre humana? ¿Qué coño te pasa?

—No, sangre animal, de cerdo, por ejemplo, o de cualquier otra cosa, siempre que proceda de un animal y que se encuentre en Noruega, claro está.

—Pero, Hanne, si eso es elemental. ¡En un matadero, claro está!

Como si ella no hubiera llegado ya a esa conclusión.

—Sí, eso ya lo sé —dijo pacientemente—. Pero ¿puede

cualquiera entrar en un matadero, como Pedro por su casa, y pedir lo que quiere, así, sin más? ¿Es posible comprar grandes cantidades de sangre en un matadero?

—Recuerdo que mi madre compraba sangre cuando era crío —soltó el más flaco de los policías—. Volvía a casa con la asquerosa sangre en una caja, hacía morcillas y cosas así, también tortitas de sangre.

Hizo una mueca rememorando el recuerdo de infancia.

—Sí, lo sé —dijo Hanne, aguantando con paciencia—. Existen carnicerías que todavía la venden. Pero, no dejaría de ser una circunstancia llamativa que alguien llegara y solicitase diez litros de sangre, ¿no creéis?

—¿Tiene algo que ver con las masacres de los sábados, con respecto a lo que estás trabajando actualmente? —preguntó Billy T., ahora con más interés—. ¿Os han confirmado que es sangre animal?

—Algo por el estilo —informó Hanne, sin entrar en detalles sobre su propia apreciación.

—Pues comprueba en los mataderos de esta ciudad si alguien ha mostrado un interés llamativo por comprar sangre con descuento al por mayor. Es una tarea factible, incluso para vosotros, los vagos de la Sección Once.

Ya no estaban solos en el lúgubre local, dos chicas de veintitantos se habían sentado en el otro extremo del establecimiento. Un detalle que siete hombres en su mejor edad no dejaron pasar. Un par de ellos mostraron incluso cierta fascinación y Hanne sacó la conclusión de que se trataba de los dos del grupo que no tenían novia. Ella misma disparó una mirada fugaz a las chicas y le dio un vuelco el corazón. Eran lesbianas. No lo supo porque presentaran una estampa que respondiera a un patrón característico, pues una de ellas llevaba el pelo largo, y ambas tenían un físico de lo más corriente. Pero Hanne, al igual que todas las demás lesbianas, poseía un radar interno que hace posible descifrar estas cosas en una décima de segundo. Cuando, espontáneamente, las dos chicas se acercaron y se besaron dulcemente, no fue ya la única en saberlo.

Estaba furiosa, tal comportamiento la sacaba de sus casillas, se sentía provocada.

—Bolleras —susurró uno de los policías, el que, en principio, se sintió más atraído por las dos recién llegadas.

Los demás soltaron una ruidosa carcajada, todos menos Billy T. Uno de los chicos, fornido y rubio, alguien que nunca le había gustado a Hanne, solo le aguantaba, esbozó un chiste verde aprovechando la coyuntura. Billy T. lo interrumpió.

—Corta ya —le ordenó—. No nos importa un huevo lo que hagan esas chicas. Además… —un índice de increíbles dimensiones se hundió en el pecho del compañero rubio—, tus chistes no valen una mierda, escuchad este.

Treinta segundos después bramaron todos de risa. Una nueva ronda de pintas aterrizó sobre la mesa, pero para Hanne era ahora solo cuestión de dejar pasar el tiempo suficiente entre el episodio desafortunado del «bolleras» e irse de allí. Media hora debía bastar.

Se levantó, se puso la cazadora de cuero, les lanzó una sonrisa que significaba: «Suerte en vuestra travesía del viernes» y a punto estaba de irse cuando…

—Espera un poco, guapa —flirteó Billy T., y la cogió por el brazo.

—¿Me vas a abrazar?

Se inclinó a regañadientes cuando él detuvo de golpe el movimiento y la miró fijamente, con una gravedad en los ojos que ella nunca había visto en él.

—Te quiero mucho, Hanne, ¿sabes? —dijo en voz baja, y le dio un fuerte abrazo.

Sábado, 5 de junio

*L*a naturaleza estaba totalmente desquiciada. El aroma del cerezo aliso se proyectaba a lo largo de todos los caminos y los rosales en los jardines habían culminado ya su floración. Los tulipanes que, normalmente, deberían estar pletóricos, mostraban un aspecto desolador, con los pétalos caídos, a punto de marchitarse. Los insectos zumbaban aturdidos entre tanta diversión. Los alérgicos al polen habían sufrido de lo lindo, e incluso los más fervorosos amantes del verano miraban de reojo al sol, que apenas descansaba unas horas cada noche antes de volver al día siguiente a la carga, a las cinco de la mañana, ardiente y descansado. Algo no cuadraba.

—Está a punto de llegar el cometa —suspiró Hanne, que leía una vez al año los libros de los Humin, de Tove Jansson.

Estaba sentada en la terraza con los pies apoyados en la barandilla leyendo el periódico del sábado. Eran casi las diez y media de la noche, pero hacía demasiado calor para estar metida en casa viendo la tele.

—¡Miedica! —dijo Cecilie, ofreciéndole una copita de Campari con tónica—. Si estuviéramos en el sur de Europa, dirías que esto es una maravilla. Alégrate de que tengamos aquí en el norte, aunque sea por una vez, una temperatura agradable.

—No, gracias, me duele un poco la cabeza. Debe de ser el calor.

Cecilie tenía razón, hacía buenísimo. No recordaba haber estado en la calle, en pantalones cortos y camiseta de tirantes, tan tarde y haber pasado tanto calor. No en Noruega y, desde luego, no a principios de junio.

Dos familias con chiquillos habían montado una fiesta en el césped debajo de la terraza. Cinco niños, dos perros y dos parejas de padres habían hecho una barbacoa, habían jugado y cantado, disfrutando a la vieja usanza durante varias horas, a pesar de que ya no eran horas para los niños. Una hora antes, Cecilie se había preguntado lo que iba a tardar la señora Weistrand, la del primero, en salir a protestar. La mujer había dado ya algún que otro portazo con la puerta de la terraza, como protesta demostrativa por el griterío de los niños. Cecilie acertó, como no podía ser de otra forma. A las once, un coche patrulla hizo su entrada en el aparcamiento comunitario y dos oficiales de Policía en uniforme de verano cruzaron con determinación el jardín en dirección a la escena bucólica.

—Míralos, Cecilie —dijo Hanne, riéndose por lo bajo—. Caminan al compás, es imposible evitarlo. Cuando era oficial de primer año, juré que nunca lo haría, parecía tan militar… Pero está claro que es imposible evitarlo, es como cuando oyes la música de la banda municipal.

Los oficiales se parecían como dos gotas de agua. Dos hombres de pelo corto y de idéntica estatura. Se detuvieron dubitativos ante la pequeña reunión familiar, hasta que uno de ellos se dirigió a uno de los hombres que aparentaba más edad.

—Lo sabía —se rio Hanne, disimuladamente, golpeándose el muslo—. ¡Sabía que se dirigirían a uno de los hombres!

Las dos mujeres se levantaron y apoyaron los codos en la balaustrada. La gente se encontraba a escasos veinte metros y el sonido les llegaba muy bien en aquella noche veraniega.

—Señores, tienen que recoger —dijo uno de los agentes gemelos—. Nos han avisado de que están molestando, o sea, los vecinos.

—¿Qué vecinos?

El hombre que había tenido la suerte de ser interpelado abrió los brazos de par en par.

—Están todos en la calle —añadió, señalando el inmueble, cuyos inquilinos adornaban todos y cada uno de los balcones.

—¡No creo que molestemos a nadie!

—Lo siento —insistió el agente, acoplando la gorra en su sitio—. Tendrán que seguir dentro de casa.

—¿Con este calor?

En ese momento, la señora Weistrand hizo su entrada en escena. Bajaba con paso ancho y movimiento decidido de cadera desde su jardincillo, que daba directamente al verde vecinal.

—¡Hace más de dos horas que llamé! —ladraba—. ¡Es una vergüenza!

—Mucho trabajo, señora —se disculpó el otro gemelo, ajustándose, a su vez, la gorra.

Hanne comprendía perfectamente lo que se sufría con esa gorra puesta, con aquel calor. Decidió intervenir.

—Cecilie, de verdad, me duele la cabeza. ¿Te importa prepararme un té? Eres un cielo.

«Té contra el dolor de cabeza, fabuloso remedio», pensó la médica, que sabía a la perfección la razón de su destierro a la cocina. Pero no dijo nada, solo alzó los hombros y entró en casa.

—¡Hola! —llamó Hanne, dirigiéndose a los dos oficiales, nada más desaparecer Cecilie—. ¡Hola, chicos!

Todos los presentes alzaron la cabeza en su dirección y los dos agentes se encaminaron vacilantes hacia ella en cuanto se dieron cuenta de que les hablaba a ellos. Hanne no los conocía, pero supuso presuntuosamente que ellos sí sabrían quién era ella. Así era. Cuando se acercaron lo bastante, sus rostros se iluminaron.

—¡Hola! —contestaron ambos al mismo tiempo.

—Déjelos, no molestan —recomendó Hanne, guiñando un ojo—. No hacen el menor ruido, es la abuela del primero, que es un poco difícil. Dejad que los niños disfruten.

El consejo de la subinspectora Wilhelmsen bastó para los dos oficiales. Saludaron, tocando la gorra con la mano, se giraron sobre los talones y volvieron a la pequeña congregación.

—Bueno, tienen que procurar hacer menos ruido —dijo uno de los agentes, y se llevó a su compañero a enfrentarse a misiones presumiblemente más importantes.

La señora Weistrand volvió zumbando y furiosa a su guarida, mientras el mayor de los asistentes se acercó a Hanne.

—¡Muchas gracias! —dijo, formando con la mano derecha un gesto de victoria, igual que el que aparecía en los distintivos de los votantes del «Sí a la CEE» en 1972, cuando Noruega celebró el primer plebiscito sobre su entrada en dicha comunidad.

Hanne sonrió y movió la cabeza. Cecilie había vuelto y posó la taza de té encima de la mesa haciendo ruido y se zambulló en el periódico sin mediar palabra.

Cuando el reloj marcó las dos y media, los niños llevaban acostados un buen rato y la noche se había templado lo suficiente, tanto que ambas tuvieron que ponerse un jersey. Hanne constató que Cecilie no había intercambiado con ella más que monosílabos desde la marcha de los agentes. El motivo por el que seguían en silencio era porque a ninguna de las dos le apetecía tumbarse junta a la otra; además, era una noche realmente mágica. Hanne lo había intentado todo, pero de nada servía. Ahora estaba cavilando sobre qué inventarse para no prolongar esta situación hasta el día siguiente.

Entonces sonó su teléfono.

Cecilie desgajó el periódico en dos.

—Si eso es trabajo y tienes que irte, te mato —refunfuñó, manifiestamente enojada. Tiró las hojas de periódico, entró a zancadas en casa y cerró la puerta del dormitorio de un portazo. Hanne contestó a la llamada.

Aunque se sentía mentalmente preparada —una llamada en plena noche, entre el sábado y el domingo, no hacía presagiar nada bueno—, notaba que la piel del cuello se le erizaba. Una nueva masacre del sábado. Era Håkon quien llamaba, se encontraba ya en el lugar de los hechos, una estación de metro en una de las más antiguas ciudades dormitorio del este, y el panorama era devastador. Tras los últimos informes que apuntaban a la posibilidad de que parte de la sangre pudiera tener procedencia humana, dedujo que ella quería verlo con sus propios ojos.

Hanne se lo pensó durante diez segundos.

—Voy —dijo, claro y conciso.

Se plantó delante de la puerta del dormitorio y llamó muy suavemente.

—También es tu dormitorio —resonó con acritud desde el interior.

Se arriesgó a entrar. Cecilie se había quitado la ropa y estaba sentada en la cama con un libro y las horripilantes gafas de leer, que sabía que Hanne odiaba.

—He oído que vas a salir —dijo en un tono arisco.

—Sí, y tú también.

—¿Yo?

Bajó el libro y miró a Hanne, por primera vez en muchas horas.

—Sí, ya es hora de que veas las cosas que me traigo entre manos cuando deambulo por ahí a altas horas de la noche. Ese baño de sangre no será peor que algunos de tus quirófanos.

Cecilie no la creyó y siguió leyendo, pero estaba ostensiblemente más preocupada por lo que iba a decir Hanne.

—Lo digo de verdad, nena. Vístete: nos vamos a inspeccionar el lugar de los hechos. Date prisa.

Cinco minutos después, una Harley rosa subió rugiendo en dirección a la zona de Oppsal. Lo que vieron al llegar era muy distinto a lo que habían presenciado en los demás escenarios. Tres coches de la Policía escupían sus luces azules a su alrededor, sin por ello molestar a la vecindad, a tenor de la multitud de curiosos que se agolpaban, estirando el cuello en busca de alguna noticia. La estación de metro era del tipo que carece de personal de servicio, rodeada por una valla y con un dispositivo tipo compuerta, situado en el lado utilizado por los pasajeros que se apean del tren. El baño de sangre estaba al otro lado, donde los viajeros deben cruzar una caseta para llegar al andén de subida al tren. En total había trece policías, entre ellos Håkon, vestido de uniforme. Hanne recordó que tenía guardia. Se le iluminó la cara en cuanto la vio sortear el precinto que cruzaba en todas direcciones. Cecilie siguió sus pasos sin que la oficial de policía, que las dejó pasar, preguntara por ella.

—Has sido rápida —comentó, sin reparar aparentemente en su acompañante.

Hanne no hizo las presentaciones.

—Una pareja de jóvenes que volvía a casa después de una fiesta lo descubrió —expuso Håkon—. Están muy enamorados, y habían pensado pasar un rato placentero en esta choza.

Las guio hacia una esquina formada por un muro de dos metros de altura y una de las paredes grises de la barraca. El suelo era una mezcla de asfalto viejo y un bosque frondoso de dientes de león que había invadido por completo el recubrimiento grisáceo. Ahora dominaba el negro ensangrentado, cantidades ingentes de sangre.

—Estamos ampliando el espacio de protección de las pruebas que podamos encontrar —dijo, explicando y señalando con el dedo a su alrededor.

Sensato, como si se le hubiese ocurrido a ella. Echó un vistazo al entorno y detectó la presencia de Hilde Hummerbakken, de la patrulla canina. Había engordado unos treinta kilos desde que salió de la academia y caminaba bamboleándose en un uniforme demasiado estrecho, pero poseía el perro más maravilloso del mundo. El animal movía el rabo como una hélice y recorría todo el recinto acordonado de cabo a rabo, parándose aquí y allá, obedeciendo las breves y concisas órdenes de su amo. Se quedaron fascinadas observando las evoluciones del perro. Al cabo de unos minutos, el agente, redondo como una bola, se acercó a ellas. Hanne se agachó para acariciar al perro.

—El autor ha tenido que atravesar la casa —jadeó Hummerbakken—. Está clarísimo, no hay nada a lo largo del vallado. *Cairo* señala todo el interior de la garita, pero se queda quieto en lo alto de la cuesta. Él o ella conducía un coche. ¿No deberían estos cobertizos estar cerrados por la noche?

—Pues sí —dijo Hanne, incorporándose—. Pero con el número de empleados de tranvías en constante descenso, habrá límites en cuán escrupulosa debe ser su labor. No hay nada que robar aquí, solo es un cobijo vacío.

El agente Hummerbakken se fue a dar otra vuelta con el perro. Hanne tomó prestada una linterna. En medio del área rociada de sangre, alguien había tendido una pequeña franja de cartón, como una escala de desembarco, sin ton ni son. Se adentró pisándola con precaución hasta donde alcanzaba y comprobó que ahí también había un número de ocho cifras incrustado en el muro manchado de sangre. Se giró hacia los demás, se puso en cuclillas y oteó en todas direcciones.

—Lo que me imaginaba —afirmó. Se levantó y volvió sobre sus pasos.

Nadie entendió que quería decir con eso. Cecilie estaba muda ante aquel panorama, y no se había repuesto de la emoción de encontrarse físicamente ahí, en medio de un nido lleno de compañeros de Hanne.

—En un cuadrado de dos metros por dos, es imposible ser visto si te encuentras pegado a una de las paredes —aclaró—. La casa más cercana es la que veis allí. En esta oscuridad, apuesto a que es imposible ver nada de lo que ocurre aquí dentro.

Siguieron su dedo índice, que señalaba una casa sin luces situada en el alto de una loma, a unos trescientos metros de distancia, tal vez más.

—Hola —dijo Håkon de repente, como si no se hubiese percatado antes de la presencia de Cecilie. Alargó su mano.

—Me llamo Håkon Sand.

—Cecilie Vibe —le contestó ella con una sonrisa esplendorosa.

Hanne se unió a la brevísima conversación.

—Una amiga mía, estaba de visita, no podía dejarla tirada —mintió, con una sonrisa forzada y se arrepintió terriblemente nada más articular las palabras.

—Y ahora tienes que llevarme a casa —dijo Cecilie con frialdad; saludó a Håkon con un leve movimiento de cabeza y se encaminó hacia la puerta del cobertizo gris.

—No, espera, Cecilie —dijo Hanne, ya muy desesperada. Se dirigió a Håkon hablando en alto, para asegurarse de que su amada la oyera—. De hecho, había pensado invitarte a comer el próximo viernes. Es decir, en mi casa. Y de mi pareja. Así podrás conocer… a mi pareja —finalizó, sin pensar en lo raro que sonaba la repetición de la palabra.

El fiscal adjunto reaccionó como si le hubiese tocado un crucero de tres semanas en el Caribe. Asombrado y feliz.

—Por supuesto. —Ni siquiera se acordó de que, en realidad, tenía una cita con su anciana madre—. ¡Por supuesto! ¡Pero ya hablaremos entonces!

Hanne dejó el baño de sangre en su sitio y salió de la zona cercada siguiendo a Cecilie hasta la moto. No dijo nada. Estaba aterida y no tenía la menor idea de cómo romper el compromiso que acababa de fijar.

—Así que ese era Håkon Sand, parece simpático —balbuceó Cecilie—. Creo que debes hablarle de mí antes de que venga.

Echó la cabeza hacia atrás y soltó una risotada escandalosa, hasta que se percató del entorno tenebroso en el que se encontraba y paró en seco. Luego estuvo desternillándose todo el camino de vuelta a casa.

Domingo, 6 de junio

*P*or fin: los periódicos se hacían eco. Se sintió satisfecho. Cuando las campanas de la iglesia lo despertaron a las diez, tras cuatro horas de sueño breve pero intenso, se levantó, se puso el chándal y bajó a la gasolinera para averiguar si alguien, además de la Policía, había empezado a interesarse por él.

Era casi más de lo que podía esperar. El titular cubría toda la portada: «Baños de sangre misteriosos en Oslo», con el subtítulo: «La Policía busca víctimas». En una esquina aparecía una pequeña foto que mostraba un coche de Policía, algunas barreras y cinco agentes. En el fondo era decepcionante, poco e insignificante, no tenía mucho sentido fotografiar la esquina empapada en sangre.

«La próxima vez, tal vez», pensó, antes de meterse en la ducha por segunda vez en cinco horas. «La próxima vez.»

Se sentían como dos actores de una serie televisiva norteamericana mediocre. Yacían tumbados en un típico dormitorio de soltero, en una enorme y cutre cama lacada en blanco, los barrotes del cabecero oblicuos y con radio-despertador incorporado. Pero el colchón era bueno. Håkon se tiró de la cama, se puso el calzoncillo con cierta timidez y salió a la cocina. Al rato, volvió con dos vasos de Coca-Cola con hielo y la sonrisa torcida.

—Bueno, se enrolla, ¿no?

A estas alturas, su amigo estaba ya acostumbrado. Era la cuarta vez que Håkon, ruborizado, lo había perseguido insis-

111

tentemente para pedirle prestado el piso durante unas horas. Le costó mucho la primera vez entender el motivo por el que Håkon no podía usar su propio piso para echar un polvo, pero al final acabó por mofarse y darle las llaves: «Todos tenemos deseos ocultos y extravagantes», confirmó, garantizando cinco horas de ausencia.

Desde aquella vez, no volvió a comentar nada, solo entregaba las llaves con instrucciones acerca del tiempo disponible. Esta vez le preguntó si no conocía a alguien dispuesto a prestarle su apartamento, porque le había surgido algo. Cuando vio el gesto en el rostro de Håkon, cambió inmediatamente de idea. Lo que no sabía es que no era el único que recibía la curiosa petición por parte de Håkon Sand a intervalos irregulares.

No faltaba mucho para la llegada del propietario. Håkon miró discretamente, de soslayo, el reloj, aunque no lo suficiente.

—Sí, ya lo sé —dijo ella—. Habrá que levantarse.

En cuanto se puso de pie, estalló de repente:

—El caso es que estoy harta de esta manera de quedar.

Como si fuera su culpa. No respondió.

—Si te soy sincera, estoy hasta el moño de casi todo —prosiguió, mientras se vestía con meneos bruscos y exagerados.

—Estoy pensando en dejarlo.

Håkon Sand notaba en sus carnes que estaba a punto de estallar.

—¿Ah, sí? ¿Esto, o te refieres a dejar de fumar?

Fumaba demasiado. Aquel hábito no le irritaba, pero se preocupaba por ella. Pero supuso que no tenía intención de dejar de fumar, sino de dejarlo a él. Solía mencionarlo así, de pasada; aproximadamente, en uno de cada tres encuentros. Antes, él se llevaba siempre un susto de muerte y sentía una profunda desesperación. Ahora mismo, estaba más que nada cabreadísimo.

—Escucha, Karen —dijo—. No puedes seguir actuando así, es hora de que tomes una decisión. ¿Seguimos juntos o no?

La mujer paró de repente y rodeó la cama mientras se abrochaba el pantalón.

—Pero ¿qué dices? —le sonrió—. No me refería a ti o a nosotros, estaba hablando del trabajo. Estoy sopesando dejar el trabajo.

Era sorprendente. Se sentó en el borde de la cama. «¿Renunciar a su trabajo?» Era la socia más joven de un bufete de abogados sumamente acreditado, cobraba un sueldo astronómico, a su entender, y rara vez había dado muestras de algo que hiciera pensar que no estaba a gusto.

—Entiendo —se limitó a decir.

—¿Qué opinas?

—Pues, opino…

—Olvídalo.

—¡No quería decirlo de ese modo! Me apetece hablar del tema.

—No, déjalo, de verdad. No hablemos de eso ahora. Otro día, tal vez.

Se dejó caer a su lado encima de la cama.

—Estoy pensando en ir a la cabaña el viernes, ¿quieres venir?

Sensacional, juntos en la cabaña. Dos días y medio juntos, todo el tiempo, sin esconderse. Sin tener que levantarse y separarse, cada uno a lo suyo, después de haber hecho el amor. Sensacional.

—Con mucho gusto —farfulló.

Entonces se acordó de que su cabaña ya no existía. Le había quedado como recuerdo una quemadura alargada y fea, en la pantorrilla, tras el incendio que asoló la casa hasta los cimientos hacía seis meses. A veces todavía le dolía la herida.

—Bajo las estrellas —dijo en un tono seco—. No es mi cabaña, sino la del vecino. Así podemos limpiar a ratos el terreno incendiado…

Entonces él se acordó de otra cosa. Había aceptado la, cuando menos, inesperada invitación para comer en casa de Hanne Wilhelmsen.

—¡Mierda!

—¿Qué pasa?

—Tengo una cita, una comida. Hanne Wilhelmsen me ha invitado a su casa.

—¿Hanne? Creí que no os veíais fuera del horario de trabajo.

Karen sabía quién era Hanne. La conoció unos meses atrás; de hecho dejó en ella una huella profunda. Además, Håkon no podía detallar ninguna anécdota del trabajo sin dejar de nombrar a la subinspectora. Pero nunca había pensado que fueran algo más que colegas.

—Y no lo hacemos, hasta ahora. De hecho, me invitó anoche.

—¿No puedes cancelarlo? —dijo, acariciándole el pelo.

Durante un instante tuvo un «por supuesto» en la punta de la lengua, pero sacudió la cabeza. Ya había dejado tirada a su madre en detrimento de Hanne, la familia era otra historia. Pero no podía decirle no a Hanne solo porque había aparecido una opción más tentadora.

—No, no puedo hacer eso, Karen, dije que estaría encantado de ir.

Se hizo el silencio entre los dos. Entonces ella sonrió y acercó su boca hasta la oreja del hombre. Él notó un escalofrío que le recorrió todo el cuerpo.

—Eres una ricura —susurró—. Un maravilloso y honesto buenazo.

La joven madre estaba deshecha. No encontraba a su niño. Corría ciegamente de un lado a otro, por los caminitos de la vieja y estropeada urbanización, se colgaba de los setos de todos los jardines gritando con desesperación.

—¡Kristoffer! ¡Kristoffer!

Se había quedado traspuesta con el calor estival. Lo había visto justo después de comer: albóndigas con puré de patatas en salsa y repollo dulce. El chiquillo, de tres años, se había empecinado en comerse solo el puré de patatas con la salsa. Hacía demasiado calor para broncas con un niño que estaba en la edad en que los críos se muestran obstinados en todo. Además, era domingo y necesitaba un poco de paz y tranquilidad.

Al finalizar la comida, se llevó un libro y se echó en la tumbona en la parte trasera de la encantadora y antigua casa que alquilaban a su tío. Estaba expuesta a las corrientes de aire y le faltaba poco para venirse abajo; además, era todo menos práctica para que un niño viviera en ella, pero el alquiler era irrisorio y la barriada tranquila y sin tráfico. Dejó al crío en la zona para jugar con arena que su tío, atentamente, había armado en el jardín de detrás de la casa. Se lo estaba pasando en grande. Ella se durmió.

En ese momento, la mujer se sentía presa del pánico y lloraba. Intentó centrarse diciéndose a sí misma que era imposible que el niño pudiera haber llegado muy lejos durante la escasa media hora en que se había quedado dormida.

«Piensa», se repetía a sí misma, intensamente, apretando las dos mandíbulas. «Piensa, adónde suele ir. Adónde puede ir que sea a la vez intrigante y prohibido.»

Muerta de miedo, pensando en la primera de sus dos opciones, se detuvo y se giró en dirección a la autopista que pasaba volando a trescientos metros al pie de la vertiente, donde se hallaban las casitas antiguas con sus jardincitos. No, no podía haber bajado hasta allí, era imposible.

Una señora mayor, que llevaba un vestido de faena y unos guantes de jardín, estaba ocupada con un seto cuando dobló la esquina a ciento cincuenta metros de casa.

—¿Has perdido a Kristoffer? —preguntó, aunque era obvio, ya que la mujer no había parado de gritar el nombre de su hijo desde que había salido de casa.

—Sí, bueno, no, no está perdido, es que no lo encuentro.

La sonrisa era forzada, y la anciana se quitó los guantes con resolución.

—Ven, te ayudaré. Seguro que no ha ido muy lejos —añadió, para consolarla.

Formaban un pareja de lo más estrafalaria. Una era puro nervio, de piernas largas y pecosas, y corría de un lado a otro de las calles. La otra mujer procedía de un modo más sistemático, parecía balancearse por el asfalto, y llamaba a cada casa y se tomaba el tiempo de preguntar a los vecinos si habían visto al pequeño Kristoffer.

Al final llegaron a lo alto del cerro sin que vieran al niño. Nadie lo había visto. Delante de las dos mujeres solo quedaba la linde del bosque: una, desconcertada y preocupada; la otra, totalmente fuera de sí.

—¡¿Dónde puede estar?! —lloraba—. Le da miedo entrar solo en el bosque, a lo mejor ha bajado por la pendiente hacia la carretera.

Solo la idea la aterrorizaba. No podía dejar de llorar.

—Bueno, bueno, serénate, no aceptemos las desgracias por anticipado. Si algo hubiese sucedido allí abajo, habríamos oído la ambulancia hace rato.

—¡Mamá!

Un chiquillo de apenas tres años y radiante de alegría salió tambaleándose sobre sus piernecillas morenas, con un cubo en una mano y una pala de plástico en la otra. Salía del camino ajardinado de entrada a una casa, si aquello podía llamarse camino ajardinado. La casa, situada en lo más alto de la colina y cercana al bosque, llevaba deshabitada diez años: su terreno, en mal estado, no dejaba lugar a dudas. Si no fuera porque el camino de acceso estaba recubierto con una espesa capa de grava de grano fino, se confundiría con el jardín selvático.

—¡Kristoffer! —sollozó la madre, corriendo a su encuentro.

Sorprendido por la emoción de su madre, se dejó coger en brazos y abrazar hasta casi perder la respiración.

—¡He visto un pirata, mamá! —dijo orgulloso y entusiasmado—. ¡Un pirata de verdad!

—¡Estupendo, hijo! —respondió ella—. ¡Estupendo! Pero tienes que prometerme que nunca te volverás a ir tan lejos. Mamá se ha asustado muchísimo, ¿entiendes? Ahora nos vamos a casa a tomar un poco de zumo, seguro que tienes mucha sed.

Miró a la mujer con profundo agradecimiento.

—Muchas gracias, señora Hansen, un millón de gracias, estaba tan angustiada...

—Bueno, bueno —sonrió la señora Hansen, y agarró una mano del niño para acompañar a la familia a casa.

—¡Quiero enseñarte el pirata, mamá! —protestó, liberándose de las dos mujeres—. ¡Tienes que ver mi pirata!

—Hoy no, cariño, mejor volvemos a casa y jugamos con tu barco pirata.

El labio inferior del niño empezó a temblar.

—¡No, mamá, quiero ver al pirata, de verdad!

Tozudo, se puso rígido, con las piernas separadas en medio de la calle, sin querer moverse del sitio. La señora Hansen intervino en el litigio.

—Nos vamos a ver a tu pirata y luego os venís tú y mamá conmigo a casa y nos lo pasaremos en grande, ¿vale?

Lo último estaba dirigido a la madre, que reiteró su agradecimiento con una sonrisa, tomó la mano del hijo y juntos entraron en el jardín frondoso. A decir verdad, las dos sentían cierta curiosidad por lo que había encontrado el crío.

A pesar de ser un domingo por la tarde, soleado y claro, la casa impresionaba un poco. La pintura exterior estaba desconchada en su práctica totalidad, y alguien, presumiblemente algún joven que no tendría nada mejor en que ocupar sus noches, había roto todas las ventanas. Había llovido mucho desde entonces, e incluso para las jóvenes almas inquietas, la edificación había perdido su atractivo. Ahora reposaba, abandonada y abierta, como una presa a merced de la voracidad del tiempo. Las ortigas trepaban hasta la altura del muslo por casi toda la parcela, pero detrás de la casa, donde nadie había pisado en años, algo parecido a un parterre luchaba por preservar la vida y había conseguido mantenerse en relativo buen estado. Aunque más que de césped, se podía hablar de hierbas.

Al doblar la esquina de la casa, el crío corrió escopetado hacia una caseta para guardar herramientas y utensilios que estaba situada al fondo del prado. La madre temió que el niño penetrase por la puerta entreabierta y gritó una advertencia, pero no fue necesario, el chiquillo no iba a entrar. Se acuclilló junto a uno de los paneles de madera, sonrió con una satisfacción extraordinaria a las dos mujeres, señaló con la pala un agujero y declaró a voz en grito:

—¡Mira! ¡Es mi pirata!

Era una cabeza humana.

La mujer más joven agarró instintivamente al niño y se apartó varios metros, el crío no dejaba de chillar.

—¡Quiero verlo! ¡Quiero verlo!

La señora Hansen solo necesitó unos segundos para tomar el control con serenidad y en voz baja.

—Aléjalo de este lugar y dile a mi marido que llame a la Policía, yo me quedo aquí, ¡date prisa! —dijo, al observar que la joven madre se había quedado paralizada contemplando el orificio en la tierra.

Finalmente, consiguió liberarse de la grotesca visión y salir corriendo con el niño gritando y pataleando, dejando atrás en el suelo la pala y el cubo.

Kristoffer había cavado un cuadrado de unos cuarenta centímetros por lado. La cabeza estaba a tan solo treinta centímetros de la superficie. A la señora Hansen le costaba entender cómo una criatura había logrado excavar tal cantidad de tierra. Existía la posibilidad de que un animal hubiera iniciado la labor.

Podía ser una mujer, a primera vista lo parecía. La parte inferior de la cara estaba fuertemente amordazada con un trozo de tela atado, a su vez, a la cabeza. El cadáver tenía abierta la boca, de modo que los dientes de la mandíbula superior sobresalían de la atadura. Debajo de la tela pudo observar con nitidez una cavidad donde la boca formaba una gran O. Las fosas nasales eran anormalmente grandes y estaban rellenas de tierra. Se distinguía solo uno de los ojos y estaba medio cerrado. El otro estaba tapado por un mechón de pelo oscuro y tupido, tan regular y liso que evocaba una cinta de pelo colocada de lado, casi como un pirata...

No pasaron muchos minutos hasta que la señora Hansen oyó que las sirenas de la Policía se acercaban al lugar. Se puso en pie, se frotó las piernas castigadas por las varices y se dirigió al portón para guiar a los policías.

Lunes, 7 de junio

*H*anne estaba agobiada. Un asesinato truculento no era exactamente lo que necesitaba en aquellos momentos. Protestó con tal arrebato que el jefe de sección casi la dejó escapar de nuevo, pero solo casi.

—No hay nada de qué hablar, Hanne —dijo, zanjando la cuestión, en un tono de voz que no dejaba margen para la discusión—. Estamos todos sobrecargados de trabajo, este caso es tuyo.

Notó que estaba a punto de echarse a llorar, pero, para evitar hacer algo de lo que se arrepentiría más tarde, cogió los papeles que le tendía el hombre sin abrir la boca y abandonó el despacho en completo silencio. De vuelta a su propio despacho, respiró hondo repetidas veces, cerró los ojos y cayó de repente en el hecho de que aquello podía servir de excusa para cancelar la comida con Håkon Sand, prevista para el viernes. Algo bueno tenía que tener.

El cadáver era de una mujer, tal y como conjeturó la señora Hansen. Las comprobaciones superficiales en el lugar del crimen establecieron que se trataba de una mujer de veinte y pocos años, un metro sesenta de estatura, de origen extranjero, desnuda, con un trapo atado con fuerza sobre la boca y degollada. Las temperaturas elevadas y el hecho de que no estuviera ni tapada con plástico ni vestida dificultaban aún más determinar la hora de la muerte. El cuerpo se hallaba en un proceso de descomposición a todas luces muy avanzado. La hipótesis más probable estimaba que el cadáver llevaba enterrado un par de semanas. El médico forense había ordenado que se realizaran pruebas de la tierra, así como mediciones exactas de la profundidad en la que estuvo sepultada la mujer. Pronto tendría una hora de la muerte más aproximada. Analizarían el cuerpo con la intención de averiguar si se había producido algún abuso sexual. Si había sido asesinada justo después de un eventual coito, se podía comprobar la presencia de semen en la vagina durante un periodo de tiempo posterior muy largo.

Hanne examinó la fotografía tomada del cuello de la mujer. La incisión presentaba el aspecto característico de las heridas producidas por cortes e iniciadas con una punzada. Las señales habituales de un arma blanca consistían, por lo general, en una sucesión de puñaladas o pinchazos limpios, como pequeños gajos elípticos cuyo interior tenía una tendencia repelente a salirse. Las heridas provocadas por cortes en los que se utiliza el arma blanca para seccionar muestran las mismas particularidades, pero las hendiduras son más largas y más anchas, es decir, más delgadas hacia cada extremo y más anchas en el centro, en forma de barco. Pero en este caso se realizó una primera punzada justo debajo de la oreja. El tajo era abierto e irregular, como si el homicida se hubiera visto obligado a pinchar repetidas veces hasta pillar el punto adecuado. Luego salía un arco alrededor del cuello, una raja regular y menguante con los bordes limpios.

Desconocían su identidad. Habían repasado todas las denuncias de desaparecidos interpuestas en los últimos doce meses, a sabiendas de que era absolutamente imposible que el cadáver llevara tanto tiempo soterrado. Ninguna descripción coincidió.

Hanne empezó a marearse. Después del episodio de hacía unos meses, cuando fue golpeada a la puerta de su propio despacho y sufrió una severa conmoción cerebral, los mareos se manifestaban con cierta frecuencia y con bastante virulencia, sobre todo con aquel calor. Tampoco ayudaba que tuviera tanto trabajo. Se agarró a la esquina de la mesa hasta que comenzó a calmarse, se estiró y salió de su despacho. Eran las ocho y media. La semana no podía empezar peor.

Håkon conversaba con un compañero cerca de las escaleras, que iban desde la primera hasta la octava planta, en la esquina oeste del vestíbulo de entrada. Iba trajeado y no parecía sentirse nada a gusto con ello. A sus pies yacía uno de esos grandes maletines que tan bien conocía.

Se le iluminó algo el rostro cuando reparó en Hanne. Concluyó la charla con el colega, que desapareció por el corredor hacia la zona amarilla.

—Estoy impaciente porque llegue el viernes —dijo, con su mejor sonrisa.

—Yo también —contestó, intentando que sonase sincero.

Permanecieron apoyados en la barandilla mirando hacia abajo, a la inmensa sala abierta situada debajo de ellos. Uno de los laterales estaba inusualmente vacío.

—No habrá nadie que necesite pasaporte estos días —dijo Håkon, intentando buscar una explicación que justificara que las mujeres de las ventanillas, en general tan atareadas, hoy parloteaban entre ellas sin nada más que hacer—. En tal caso, sería para volar hasta Alaska o Svalbard. Bueno, no se necesita pasaporte para el archipiélago —añadió, un poco avergonzado de lo que dijo antes.

El otro lado de la sala estaba más concurrido, si bien los noruegos no se agolpaban para conseguir su pasaporte, los extranjeros se amontonaban a lo largo del tabique donde se ubicaba la Policía de Extranjería. Tenían el semblante sombrío, pero, al menos, no sufrían mucho por el calor.

—Pero ¿qué diablos están haciendo allí abajo? —preguntó Hanne—. ¿Están contando todos los extranjeros de la ciudad?

—Se podría decir que sí. Están efectuando una de esas acciones excéntricas de las suyas. Sacan las redes de arrastre en todos los lugares públicos, pescan a todos los morenos y averiguan si residen aquí legalmente. Qué manera más provechosa de hacer uso de los recursos públicos, especialmente ahora.

Suspiró, tenía que estar en los juzgados al cabo de veinte minutos.

—El jefe de la Policía Judicial sostiene que hay más de cinco mil extranjeros en situación ilegal en esta ciudad. ¡Cinco mil! No me lo trago. ¿Dónde están?

A Hanne no le pareció que la cifra fuera tan descabellada. Lo que era indignante era que se invirtiera tantos y tan necesitados recursos para encontrarlos. Además, hacía unos días, le había oído decir en el telediario de las seis al jefe de la UDI, la

Dirección General de Extranjería, que «perdían» mil quinientos solicitantes de asilo cada año. Gente que habían registrado a su entrada en el país, pero que luego nunca volvían a ver. «Con lo cual, se podía reducir la cifra a tres mil quinientas personas», concluyó cansada.

—La mitad parece estar allí abajo —contestó a la pregunta que le habían hecho hacía un buen rato; señaló a la muchedumbre debajo de ellos.

Håkon miró su reloj, tenía prisa.

—Hablamos luego —exclamó antes de salir a toda prisa.

La historia era completamente rocambolesca. Dos demandantes de asilo se habían enzarzado por un asunto de comida en el centro de acogida Urtegata; eran un iraní y un kurdo. A Håkon no le extrañaba que se les fuera la olla de vez en cuando. Ambos llevaban esperando más de un año a que sus solicitudes se tramitasen; los dos eran jóvenes en su mejor edad laboral para poder desempeñar cualquier tarea. Disfrutaban de cinco horas semanales de enseñanza del noruego y el resto del tiempo era un mar de frustraciones, inseguridad y mucha ansiedad.

Un viernes por la noche llegaron a las manos, con el consiguiente resultado de una nariz rota para el más débil, el kurdo: «Párrafo 229, apartado 1 y medida alternativa primera sobre cumplimiento de pena del Código Penal». Aunque el iraní acabó con un ojo morado, algunos funcionarios aplicados se habían encargado de que, incluso en un caso tan banal, la imparcialidad prevaleciese por encima de cualquier consideración. El chico estaba representado por un abogado de la asociación Asistencia Jurídica Libre; con toda seguridad, apenas había intercambiado algunas palabras con su defendido y, aún menos, había leído los documentos de la causa. Se trataba de una pura rutina, también para Håkon.

La sala de audiencia número 8 era minúscula y no estaba en muy buen estado. Obviamente, carecía de aire acondicionado y el ruido que provenía de la calle hacía imposible abrir las ventanas. Tras aprobarse la construcción de un edificio que albergara los nuevos juzgados, estaba descartado gastar un solo céntimo en el viejo inmueble, aunque los nuevos tribunales tardarían en entrar en funcionamiento.

La toga negra, usada por cientos de fiscales, solía ser pestilente y no iba a mejorar ese día. Se lamentó para sí y miró de soslayo al abogado defensor, que ocupaba el otro estrado. Sus miradas se cruzaron y acordaron en silencio la rápida ejecución del juicio.

El iraní de veintidós años declaró primero, mientras un intérprete con el semblante inexpresivo tradujo sus palabras en versión abreviada; primero habló el acusado durante tres minutos y, a continuación, habló el traductor durante treinta segundos. Estas cosas solían irritar mucho a Håkon Sand, pero ese día no estaba de humor. Luego le tocó el turno al kurdo. Su tabique nasal seguía torcido y parecía no haber recibido el mejor tratamiento que la Sanidad Pública noruega pudiera proporcionar.

Para finalizar, un empleado del centro de acogida entró y prestó juramento. Un noruego, «cómo no», había presenciado la pelea. El inculpado atacó al agraviado e intercambiaron varios golpes. Al final el kurdo cayó al suelo, como un saco de patatas, tras un impresionante golpe de su rival.

—¿Intervino usted? —preguntó el abogado defensor, cuando llegó su turno—. ¿Intentó interponerse entre ellos?

El noruego miró un poco avergonzado al suelo del estrado en el que se encontraba:

—No se puede decir que hiciese exactamente eso, pues impone un poco eso de las broncas entre dos extranjeros; además siempre aparece algún arma blanca en esos líos.

Volvió la mirada hacia los conjueces en busca de apoyo, pero solo encontró miradas vacías.

—¿Vio algún cuchillo?

—No.

—¿Existía alguna otra razón que hiciera suponer la presencia de un cuchillo en esa trifulca?

—Sí, bueno como dije, suelen siempre…

—Pero ¿vio algo en esa situación concreta? —cortó el defensor, exasperado—. ¿Tenía esta riña algo de especial que hizo que optara por no intervenir?

—No, bueno…

123

—Gracias, no tengo más preguntas.

El procedimiento duró veinte minutos. Håkon guardó sus cosas con la certidumbre de que también esta vez iba a caer una sentencia condenatoria. Al introducir los exiguos documentos en su maletín, una cartulina rosa cayó al suelo. Era un mensaje interno escrito por el investigador. Recogió el papel y lo ojeó antes de guardarlo en su sitio.

En la parte superior aparecía el nombre, el mensaje estaba redactado a mano y en el encabezamiento ponía: «Relativo al NCE 90045621, Shaei Thyed, atentado a la integridad física».

De pronto, lo descifró. Los números grabados en la sangre, en todos los escenarios de las masacres de los sábados por la noche, correspondían a números de control de extranjeros. Todos los extranjeros poseían uno: un NCE.

Un magnífico ejemplar de la diosa de la justicia lucía sobre su escritorio. No obstante, su emplazamiento era un tanto inadecuado. Una preciosa escultura de bronce, sin duda carísima, presidía una parva y muy pública oficina de ocho metros cuadrados. Llenaba con bolitas de papel los dos platillos de la balanza que la diosa sujetaba con el brazo tendido. Las diminutas bandejitas subían y bajaban según el peso que soportaban.

Hanne entró por la puerta. Constató con satisfacción que las cortinas nuevas colgaban en su sitio.

—Creí que estabas en el juzgado —dijo—. Al menos, me lo pareció esta mañana.

—Lo ventilamos en hora y media —contestó, y la invitó a tomar asiento—. ¡Tengo la respuesta! —dijo él. Håkon tenía las mejillas rojas, y no era por el calor—. Los números inscritos sobre la sangre de todas las masacres de los sábados, ¿sabes qué significan?

Hanne se quedó mirando fijamente al fiscal adjunto de la Policía durante veinte segundos. Él no cabía en sí de gozo y estaba a punto de reventar.

Su decepción fue apocalíptica cuando ella replicó:

—¡NCE!

La mujer se levantó de un salto, cerró el puño y golpeó varias veces la pared.

—¡Por supuesto! Pero ¿en qué estábamos pensando? ¡Estamos hartos de manejar esos números a diario!

Håkon no salía de su asombro y no lograba entender que ella lo hubiera averiguado antes de que él hubiera siquiera abierto la boca. La perplejidad en su mirada era tan llamativa que ella decidió apuntarle el tanto y mitigar su decepción.

—Lo hemos tenido delante de los ojos y no lo hemos visto, «los árboles no nos han dejado ver el bosque». Está claro que no le di las suficientes vueltas a esos números, hasta ahora. ¡Genial, Håkon! No lo habría averiguado sola, al menos tan pronto.

Él no hizo más preguntas y se tragó su vanidad herida. Empezaron a pensar en las consecuencias de lo que acababan de desentrañar, en silencio.

Cuatro baños de sangre, cuatro secuencias distintas de números, números de control de extranjeros, un cuerpo hallado, presumiblemente extranjero. Una extranjera con número de control.

—Puede que aparezcan otros tres —dijo Håkon, que rompió así el silencio—. Tres cadáveres más, en el peor de los casos.

En el peor de los casos. Hanne estaba de acuerdo. Pero había otro aspecto del caso que la atemorizaba casi tanto como que se escondieran otros tres cadáveres más allí fuera, en cualquier lugar bajo la turba.

—¿Quién tiene acceso a los datos de los refugiados, Håkon? —preguntó en voz baja, aunque conocía de sobras la respuesta.

—Los empleados de la Dirección General de Extranjería —contestó al instante—. Y, por supuesto, los del Ministerio de Justicia. Unos cuantos. Y me imagino que alguna que otra persona adscrita o que trabaje en los centros de acogida —añadió, recordando a aquel tipo que había presenciado el altercado entre los dos refugiados sin intervenir.

—Sí —le contestó ella.

Pero estaba pensando en otra cosa muy distinta.

Todos los demás casos fueron aparcados hasta nueva orden. Con una eficiencia que pasmó a la mayoría de los efectivos involucrados, los recursos de la sección fueron reorganizados en menos de una hora. La sala de emergencias situada en la zona azul de la planta baja se transformó en un abrir y cerrar de ojos en un centro de operaciones de incesante actividad. Sin embargo, no era lo suficientemente amplia como para celebrar ahí la tan ansiada reunión convocada por el jefe de sección, con lo cual se tuvieron que congregar en la sala de juntas. Excelente idea, ya que el local sin ventanas servía, a su vez, de comedor. Era la hora del almuerzo.

Vio al comisario que dirigía la Brigada Judicial, inflado como un globo y con unas facciones ingenuas debajo de sus ricitos canosos. Libraba una batalla sin cuartel con un sándwich titánico. La mayonesa chorreaba entre las rebanadas de pan y se le pegó como un asqueroso gusano, reptando por el pantalón de su uniforme, demasiado estrecho. Sofocado, intentó barrerlo con el dedo índice y luego aminorar el desastre frotando la mancha oscura que, inexorablemente, no dejaba de aumentar.

—Esta situación es de suma gravedad —empezó diciendo el jefe de sección.

Era un hombre muy apuesto, atlético y ancho de espaldas, la cabeza lisa como una bola con una estrecha corona de pelo oscuro y muy corto. Los ojos estaban inusualmente hundidos, aunque, tras un reconocimiento más detallado, resultaban intensos, grandes y oscuros y de color castaño. Llevaba unos pantalones de verano, ligeros y claros, y un polo con cuello de camisa.

—¿Arnt?

El hombre al que invitó a hablar separó la silla de la mesa, pero permaneció sentado.

—He comprobado los NCE en la sangre. No eran igual de legibles en todos los escenarios, pero, si elegimos este razonamiento... —sacó una lámina de cartón y la sostuvo en el aire—... y es la interpretación más creíble, estamos hablando de que todos los números corresponden a mujeres.

Hubo un silencio sepulcral entre los asistentes.

—Todas entre 23 y 29 años. Ninguna llegó a Noruega acompañada; ninguna tenía parientes antes de su llegada. Y, además...

Sabían lo que estaba a punto de decir. El jefe de sección notaba cómo el sudor resbalaba por las sienes. Con tanto calor, el comisario resoplaba como un bulldog. Hanne tenía ganas de irse.

—Todas han desaparecido.

Tras una larga pausa, el jefe de sección retomó la palabra.

—¿Existe la posibilidad de que la fallecida sea una de las cuatro?

—Es demasiado pronto para asegurarlo, pero estamos trabajando desde esa perspectiva.

—Erik, ¿has averiguado algo más con respecto a la sangre?

El oficial se levantó, a diferencia de su compañero más experimentado, Arnt.

—He llamado a todos los mataderos —dijo, tragando su nerviosismo—. Veinticuatro en total. Cualquiera puede comprar sangre; en su mayoría, sangre de vaca. No obstante, casi todos los puntos de venta exigen que el pedido se haga por adelantado. El mercado ha desaparecido prácticamente. Parece que ya nadie se hace su propia morcilla. Ninguno ha podido informar sobre nada que les pareciera fuera de lo común, quiero decir, ninguna venta cuantiosa.

—De acuerdo —dijo el jefe de sección—. Aun así, sigue trabajando en el tema.

Erik Henriksen se dejó caer aliviado en la silla.

—El jefe de Extranjería —murmuró Hanne.

—¿Qué has dicho?

—El jefe de UDI —dijo, más alto esta vez—. Escuché una entrevista con él en la radio hace poco. Decía que las autoridades «pierden» cada año quince mil refugiados solicitantes de asilo.

—¿Pierden?

—Sí, es decir, desaparecen. Es evidente que la mayoría de los casos son deportaciones y expulsiones, algo de lo que ellos mismos deben de tener constancia. La Dirección General afirma que huyen sin ningún preaviso. A Suecia, tal vez, o más al sur; muchos, sencillamente vuelven a casa. Al menos es lo que opinaba ese alto cargo de Extranjería.

—¿Y no hay nadie que los busque? —preguntó Erik, arrepintiéndose de lo que acababa de decir.

Creer que las autoridades de Extranjería iban a desperdiciar tiempo y esfuerzo en buscar a extranjeros desaparecidos, cuando estaban tan ocupados en echar fuera de las fronteras a los que seguían en el país, era un pensamiento tan absurdo que los más veteranos de la sala habrían soltado una sonora carcajada si no hubiese sido por las circunstancias y el calor. Y porque sabían que les quedaban exactamente cinco días para resolver el caso, si no querían encontrarse la madrugada del domingo analizando otro baño de sangre en algún lugar y con un nuevo NCE pintado en rojo.

Disponían de cinco días. Lo mejor era ponerse manos a la obra.

Kristine sentía que estaba al borde del abismo. Habían pasado nueve días y ocho noches y no había hablado con nadie. Algún que otro breve intercambio de palabras con su padre, naturalmente, pero era como si siguieran dando rodeos mutuos, alrededor de sí mismos. Ambos sabían que el otro deseaba hablar, pero no tenían la menor idea de cómo iniciar una conversación y, ya puestos, de cómo mantenerla más allá de unas pocas palabras. No lograban romper, ni para entrar ni para salir, lo que los mantenía unidos y que a la vez imposibilitaba su comunicación. Pero contaba con una victoria en su haber. El Valium se había ido por el desagüe, aunque el alcohol había ocupado su lugar. Su padre la estuvo observando con cierta preocupación, aunque sin protestar, cuando su bodega de vino tinto se fue vaciando y ella le pidió que «por favor» comprara más. Al día siguiente, hubo dos cajas en la despensa junto a la cocina.

Recibió algunas llamadas de amigos alarmados porque llevaba una semana sin aparecer por la sala de lectura de la facultad. Era la primera vez en cuatro años. Consiguió armarse de valor y hablar en tono jovial para quejarse de una fuerte gripe y asegurar que «en absoluto» necesitaba recibir visitas porque acabarían contagiándose, «chao, nos vemos». Nada acerca del horror. No había nada que decir sobre eso. Solo de pensar en toda la atención que despertaría la agobiaba. Se acordaba con demasiada claridad de aquella estudiante de Veterinaria que hacía dos años había vuelto a la sala de lectura tras algunos días de ausencia. La chica había contado a su círculo de amistades más íntimo que acababa de ser violada por un compañero de estudios, después de una juerga considerablemente notoria. Al poco tiempo, todo el mundo lo sabía. La Policía había sobreseído el caso y, desde entonces, la chica vagaba por las aulas como una flor marchita. Kristine había sentido auténtica lástima por ella. Se había juntado con unas amigas y se habían plantado delante de la casa del agresor guaperas de Bærum, gritando y echando pestes de él. Pero nunca habían tomado una iniciativa concreta en favor de la afrentada. Al contrario, era como si algo se hubiese adherido al cuerpo de la víctima, algo absurdo e irracional; claro que la creían, al menos las chicas. Sin embargo, deambulaba como desconcertada, y arrastraba algo intangible, algo que repelía a la gente y la mantenía alejada de ella.

Kristine no quería acabar así.

Lo peor de todo era ver a su padre. Ese hombre fuerte y robusto que siempre estuvo ahí, al que siempre acudía corriendo cuando el mundo era demasiado cruel. El sentimiento de culpabilidad por todas las veces que no se había acordado de él, es decir, cuando había que festejar algo, caía sobre ella desde todos los recovecos de su ser. Nunca se dio cuenta de la carga que había supuesto para él estar solo y ocuparse de ella. La certidumbre de saber que en el fondo fue ella quien impidió que encontrara otra mujer siempre estuvo latente. Pero ella era una niña que había que cuidar. No deseaba una nueva madre. No sintió que su padre necesitara una nueva esposa hasta que ella misma alcanzó la madurez. Sentía una profunda vergüenza.

Lo peor no era la sensación de estar destrozada. Lo peor era la sensación de que su padre lo estaba.

Había hablado con la asistente social, cuyo aspecto se correspondía con su profesión y que se había comportado como tal, aunque, a todas luces, creía ser una psiquiatra. No tenía sentido. Si no hubiese sido porque Kristine comprendía lo importante que era no rendirse a la primera, habría mandado a la mujer a paseo. Pero le iba a conceder otra oportunidad.

En primer lugar, quería darse una vuelta por la cabaña. No llevaría gran cosa consigo, no era necesario, pues solo estaría un par de días, a lo sumo. Compraría comida en la tienda rural.

Su padre pareció alegrarse cuando se lo comunicó la noche anterior. Le dio dinero en abundancia y la exhortó a que se quedara allí una temporada. De todos modos, tenía mucho trabajo, le dijo mientras se servía otro plato de la cena. Últimamente había bajado de peso. Antes tenía reservas para aguantar y no se le notaba apenas cuando adelgazaba un poco, pero observó que la ropa le colgaba más suelta. Además, la cara había cambiado; no se veía particularmente más demacrada, sino más marcada y perfilada, con surcos más hondos. Ella misma había perdido tres kilos, tres kilos que le faltaban.

Decidió marcharse, más en un intento de agradar a su padre que por su propia apetencia. A su jefe no le sentó muy bien cuando ella llamó para comunicarle que la enfermedad se prolongaba y que no acudiría al trabajo hasta dentro de varios días. El trabajo en el centro de la Cruz Azul, la organización multiconfesional y diaconal que promueve una sociedad sin drogas ni alcohol, ni estaba bien pagado ni era especialmente interesante, y no entendía muy bien por qué lo había mantenido durante todo un año. Le gustaban los alcohólicos, esa podía ser la razón. Eran las personas más agradecidas del mundo.

La Estación Central estaba repleta de gente y tuvo que hacer casi veinte minutos de cola hasta que el número que apareció en la pantalla LCD coincidió con el número de su reserva. Le proporcionaron lo que había pedido, pagó y salió hacia la sala de espera. Faltaban diez minutos para que saliera su tren.

Atravesó el vestíbulo y entró en un quiosco de prensa. Los diarios sensacionalistas lucían las mismas portadas con el cadáver de una mujer encontrado en un jardín recóndito. «La Policía se emplea a fondo», pudo leer. Era probable, porque, desde luego, no trabajaban en su caso; de eso estaba convencida. Esa misma mañana llamó a la abogada asistencial Linda Løvstad para consultar si había aparecido algo nuevo en su caso. La mujer se lamentó de no tener ninguna novedad, pero prometió mantenerla informada.

Kristine cogió un ejemplar del diario *Arbeiderbladet*, dejó el importe exacto sobre el mostrador y se encaminó hacia el andén correspondiente. Leía mientras caminaba y se tropezó con una bolsa de deportes abandonada. Para evitar que ocurriera de nuevo, plegó el periódico y lo introdujo en su bolsa.

Fue cuando lo vio. En estado de shock, paralizada, se quedó durante unos segundos petrificada y sin mover un solo músculo. Era él, el violador, transitando por la Estación Central de Oslo un abrasador lunes de junio. No reparó en ella, solo caminaba y hablaba con el hombre que andaba a su lado. Dijo algo gracioso, porque el otro echó la cabeza hacia atrás soltando una carcajada.

Un temblor terrorífico la recorrió; arrancó alrededor de las rodillas pero fue ascendiendo por los muslos y estuvo a punto de impedirle acercarse a un banco para sentarse. Se dejó caer, de espaldas a aquel tipo. Pero no fue solo el hecho de tropezárselo lo que le produjo tal estremecimiento.

Ahora sabía dónde encontrarlo.

Aproximadamente en el mismo instante, el padre de Kristine se encontraba en el piso de su hija mirando por la ventana. El edificio de enfrente no estaba tan bien cuidado. Se veían grandes desconchados de pintura en la fachada y había dos ventanas rotas. No obstante, todas las viviendas estaban ocupadas y, a esa distancia, algunas parecían hasta acogedoras. No registró ningún movimiento, la mayoría de sus ocupantes estarían trabajando. Sin embargo, desde su posición, advirtió una silueta en una de las ventanas de la tercera planta, en diagonal hacia la derecha. Tenía toda la apariencia de ser un hombre. A tenor de la distancia entre el marco de la ventana y el rostro, el hombre debía de estar sentado en un cómodo sillón y debía de tener unas vistas óptimas sobre el apartamento de Kristine.

Finn se levantó como un resorte y salió corriendo del piso. Cerró la puerta enérgicamente y la atrancó con la cerradura principal y las dos de seguridad, que él mismo había instalado sin fortuna. Cuando salió a la calle, calculó con rapidez cuál de los timbres correspondía a la vivienda que acababa de avistar. No aparecía ningún nombre en el portero automático, pero se arriesgó. Tercero izquierda. El tercer botón empezando desde abajo en la fila de la izquierda. Nadie contestó, pero tras unos segundos oyó que alguien había pulsado la apertura automática. El ruido eléctrico y característico era nítido y, con ligeras sacudidas, intentó abrir la puerta exterior, que cedió dócilmente.

El vestíbulo estaba tan deteriorado como dejaba entrever la fachada del inmueble, pero exhalaba un olor fresco a friega-suelos. Subió hasta la tercera planta con determinación. La puerta de entrada era de color azul con cristales alargados desde el picaporte hasta el marco superior; a sus pies había un felpudo. Encima del timbre, colgaba una pequeña cartulina, clavada con una chincheta de plástico de cabeza roja: «E». Ponía E y nada más. Llamó al timbre.

Alguien no paraba de moverse al otro lado y luego se quedó quieto. Håverstad lo intentó de nuevo y otra vez ruidos de trasteo. De repente, la puerta se abrió y apareció un hombre. De edad indeterminable, poseía esos rasgos extraños, casi asexuales, que suelen perfilar a los tipos raros. Rostro corriente, ni feo ni guapo, casi imberbe, pálido, de piel brillante y sin granos. A pesar de la temperatura ambiente, llevaba puesto un típico jersey regional de lana que no parecía molestarle.

—E —dijo, extendiendo una mano indiferente—. Mi nombre es E. ¿Qué quieres?

Håverstad se quedó tan estupefacto por la aparición que apenas pudo expresar el motivo de su visita. En cualquier caso, tampoco es que tuviera mucho que decirle.

—Eh… —empezó diciendo, pero se dio cuenta de que podía parecer que estaba repitiendo el nombre del individuo con jersey de lana—. Solo quería hablar con usted sobre un asunto.

—¿Sobre qué?

No estaba siendo en absoluto descortés, solo antipático.

—Me preguntaba si está al tanto de lo que ocurre aquí, en esta vecindad —tanteó.

A todas luces funcionó. Un aire de satisfacción se dibujó en la comisura de sus labios.

—Entre —dijo, ofreciéndole algo que podía simular una sonrisa.

El hombre se apartó para permitir entrar a Håverstad. El piso estaba limpio y reluciente, y, en apariencia, deshabitado. Contenía muy pocas cosas que pudieran indicar que era un hogar. Una televisión enorme en una esquina con una solitaria silla delante de la pantalla. No había ningún sofá en la sala de estar ni tampoco una mesa. Delante de la ventana, que, por otro lado, carecía de cortina, se hallaba el sillón en el que Håverstad supuso había estado sentado el hombre, cuando lo divisó desde el apartamento de su hija. Era un butacón verde de orejeras, muy usado. Había un montón de cajas de cartón esparcidas por todo el salón, y reconoció el mismo modelo que él guardaba en la sala de archivos de su consulta. Cajas archivadoras de color marrón fabricadas en cartón duro. Estaban colocadas en fila alrededor de la silla, como soldados cuadrados y erguidos protegiendo su castillo verde. Encima del asiento del butacón reposaba una tabla sujetapapeles con un bolígrafo enganchado en un broche de metal.

—Aquí vivo yo —dijo E, con cierta complacencia—. Era mejor donde vivía antes, pero murió mi madre y tuve que mudarme.

Eso lo hizo compadecerse de sí mismo y trazó un aire de tristeza sobre su rostro inexpresivo.

—¿Qué guarda en estas cajas de ahí? —preguntó Håverstad—. ¿Colecciona algo?

E, muy desconfiado, lo miró fijamente.

—Pues sí, lo cierto es que colecciono cosas —dijo, sin mostrar la mínima intención de querer contarle lo que encerraban las veinte o veinticinco cajas de cartón.

Håverstad tenía que abordar la cuestión desde otro ángulo.

—Seguro que se entera de un montón de cosas —dijo, en un tono interesado, acercándose a la ventana.

Aunque el cristal tenía el aspecto de ser tan viejo como el resto de la casa, estaba igual de limpio y resplandeciente. Percibió un leve aroma a limón.

—Aquí sí que estará bien sentado —reanudó, sin mirar al hombre, que agarró la tabla que había encima del sillón y la guardó pegada al cuerpo, como si tuviera un valor incalculable. Quizá lo tuviese.

—¿Hay alguna cosa en especial que siga más de cerca, que le interese más?

El hombre se mostraba desconcertado. Håverstad dedujo que muy pocas personas se tomaban la molestia de hablar con aquel patético personaje. Seguramente deseaba hablar, así que le iba a dejar el tiempo que necesitara para hacerlo.

—Bueno..., pues —dijo E—. La verdad es que son tantas cosas...

Sacó un recorte de periódico de una de las cajas de cartón. La mitad del rostro de una política le sonreía.

—Le interesa la política —sonrió, y se agachó para estudiar más de cerca el contenido de la caja.

E se adelantó a su intención.

—No toque —gruñó, cerrando la caja delante de sus narices—. ¡No toque mis cosas!

—¡Por supuesto, faltaría más!

Håverstad levantó ambas manos, enseñando las palmas en un gesto de rendición y empezó a preguntarse si no era mejor marcharse ya.

—Puede ver esto —dijo E de repente, como si hubiese leído el pensamiento del otro y se hubiera dado cuenta de que, a pesar de todo, le apetecía tener la compañía de alguien.

Agarró la caja número dos, empezando por el principio de la fila, y se la entregó al invitado.

—Críticas de cine —explicó.

Efectivamente, se trataba de reseñas y críticas de películas, sacadas de los periódicos, perfectamente recortadas y pegadas en hojas A4. En la parte inferior, debajo de cada recorte, aparecía el nombre del periódico y la fecha del artículo anotada con pulcritud con rotulador negro.

—¿Va mucho al cine?

Håverstad no ardía en deseos de conocer las costumbres de E, pero al menos era un buen comienzo.

—¿Cine? ¿Yo? Nunca. Pero salen en televisión al cabo de un tiempo y para entonces es bueno conocer de qué van.

Por supuesto. Una explicación con sentido. La situación era absurda y lo mejor que podía hacer era marcharse.

—También puede ver esto.

Ahora su disposición de ánimo había mejorado notablemente. Se atrevió a dejar la tabla, aunque con los papeles hacia abajo. El dentista recibió su segunda caja, que pesaba más que la anterior. Miró a su alrededor para encontrar algún sitio donde sentarse, pero el suelo era la única posibilidad. El butacón estaba tomado por la tabla y la silla de madera delante del televisor no invitaba a sentarse, sobre todo a un cuerpo como el suyo.

Se puso en cuclillas y abrió la caja. E se puso a su lado de rodillas, como un niño pequeño y ansioso.

Eran números de matrículas de coches. Las hojas estaban colocadas en tres perfectas columnas hasta el fondo de la caja. Cada número estaba inscrito milimétricamente justo debajo del anterior. Parecía que lo hubiera escrito a máquina.

—Matrículas de coches —puntualizó E de forma innecesaria—. Las llevo coleccionando catorce años. Las primeras dieciséis páginas corresponden a esta dirección, el resto es de donde vivía... antes.

De nuevo ese semblante desconsolado y esa mirada autocompasiva, pero esta vez desapareció enseguida de su rostro.

—Mire aquí. —Señaló con el dedo—. Ninguno de los números son iguales; si no, sería trampa. Solo hay números nuevos. Coches que puedo ver desde la ventana. Aquí... —Volvió a marcar con el índice—. Aquí ve la fecha, algunos días consigo apuntar hasta cincuenta números. Otros días solo veo matrículas que ya he anotado. Los fines de semana, por ejemplo, hay pocos cambios.

Håverstad sudaba a chorros, el corazón le latía como una barca de pesca con problemas de motor, y tuvo que sentarse directamente en el suelo para evitar el esfuerzo de mantenerse en cuclillas.

—¿No habrá, por un casual...? —resoplaba—. ¿No tendrá por casualidad las matrículas del fin de semana pasado? ¿Del sábado 29 de mayo?

E sacó una hoja y se la entregó. En la esquina superior izquierda ponía «Sábado, 29 de mayo» y, a continuación, siete matrículas de coches. ¡Solo siete números!

—Bueno, se trata solo de los coches que aparcan —reveló E, emocionado—. No vale apuntar los coches que solo circulan por la calle.

Las manos del dentista temblaban. No sentía ninguna alegría por el hallazgo, solo una forma de satisfacción postrada y apagada. Como cuando conseguía finalizar con éxito una endodoncia sin que el paciente sufriera demasiado.

—¿Cree que podría anotarme estos números?

E estuvo dudando unos segundos, pero se encogió de hombros y se puso de pie.

—Vale.

Media hora más tarde, ya estaba de vuelta en casa con una

lista de siete matrículas de coche y un teléfono ante él. Afortunadamente, Kristine se había ido a la cabaña, así que disponía de mucho tiempo. Ahora se trataba solo de investigar cuáles de estas matrículas pertenecían a coches rojos y quiénes eran sus propietarios. Llamó a información y obtuvo el número de teléfono del Registro de Bienes Muebles de Brønnøysund, así como el de cinco comisarías de la región Este de Noruega y se puso manos a la obra.

Estaba saliendo poco a poco del tremendo estado de shock que la había embargado. Una paz ponderada y casi liberadora iba reemplazando al vacío que había sentido. Tras concentrarse durante unos minutos para armarse de valor y salir de la Estación Central con la total certeza de que el violador había bajado al andén con su acompañante, se quedó de pie en la parada de los taxistas a contemplar la ciudad. Fue consciente, por primera vez desde hacía más de una semana, en el tiempo. Llevaba demasiada ropa. Se quitó el jersey y lo guardó en su bolso de bandolera. Se arrepintió de no haber traído la mochila, era mucho peso para un solo hombre.

Por una vez, no había cola para coger un taxi. Todos los que salían de la estación y no llevaban mucho equipaje hacían como ella. Se quedaban fascinados por el agradable calor de la calle después de abandonar el vestíbulo refrigerado, estiraban los brazos para atrapar el buen tiempo y decidían seguir andando el resto del camino. Vio a un conductor de piel oscura que se apoyaba en el capó de su coche y que estaba leyendo un periódico extranjero. Se acercó a él, le dio las señas de su padre y le preguntó cuánto creía que podía costar la carrera. «Aproximadamente, unas cien coronas», respondió. Le dio un billete de cien coronas y el bolso, y se aseguró de que había entendido bien la dirección y le pidió que dejara el bolso debajo de la escalera.

—Es una casa blanca, grande y con las esquinas pintadas de verde —le indicó, hablando por la ventanilla del copiloto mientras el conductor metía la primera marcha del coche.

Un brazo desnudo y velludo saludó por la ventana cuando el Mercedes dobló la esquina.

Acto seguido, empezó a caminar hacia el barrio de Homansbyen.

Odiaba profundamente a ese hombre. Desde que la destrozó aquel sábado por la noche, hacía una interminable semana, no había sentido otra cosa que impotencia y pena. Había deambulado por las calles durante horas en un torbellino de sentimientos que no conseguía ordenar. Dos días atrás, se había colocado junto a las vías del metro, cerca de la estación de Majorstua, a la altura de una curva a la salida de un túnel, invisible para todo el mundo, incluso para el conductor del tren. Había permanecido tiesa escuchando la llegada de los vagones, a tan solo un metro de las vías. Cuando el conductor del metro apareció en la boca del túnel, ella ni siquiera había oído el estridente pitido. No se movió, impertérrita, aunque tampoco sopesó la idea de tirarse a las vías. El tren pasó como una exhalación y la ráfaga fue tan potente que tuvo que dar un paso hacia atrás para mantener el equilibrio. Aun así, solo mediaron escasos centímetros entre su cara y el tren que retumbó a su paso.

No era ella quien no merecía vivir, sino él. Cuando llegó a su apartamento, dudó unos segundos delante de la entrada, pero finalmente entró y cerró la puerta con llave.

El piso seguía como antes. Le pareció extraño que fuera tan agradable y acogedor, tan hogareño. Recorrió el piso, despacio, tocando todas sus cosas, acariciando todas sus pertenencias, y notó que una ligera capa de polvo lo cubría todo. A la luz del día, fuerte y brillante, vio que las partículas de polvo bailaban una especie de danza de bienvenida por su regreso a casa. Abrió la nevera con cuidado y con mucho recelo. El olor era muy intenso. Tiró toda la comida caducada y podrida: un queso, dos tomates y un gelatinoso pepino. Dejó la bolsa de basura en la entrada para no olvidarla cuando se marchara.

La puerta del dormitorio estaba abierta. Vacilante, se acercó por el pasillo a la puerta que abría hacia fuera, es decir, hacia ella, cosa que le impedía ver el interior. Después de meditar un rato, entró.

Se preguntó quién había vuelto a poner los edredones en su sitio, cuidadosamente doblados, junto con las almohadas, al pie de la cama y contra los barrotes. La ropa de cama que ella misma retiró se había evaporado. La estaban, sin duda, analizando.

Sin quererlo, sus ojos se posaron sobre las dos bolas de pino que adornaban el ápice de las dos patas de la cama, situadas en las dos esquinas inferiores de esta. Incluso desde la puerta, podía entrever el reborde oscuro que había provocado el alambre de acero atado a la pata. Ya no estaba. De hecho, no había nada en aquel pequeño y encantador apartamento que fuera testigo de lo que ahí había ocurrido el sábado 29 de mayo. Nada, salvo ella misma.

Tanteando, se sentó en la cama. Rebotó de un salto, tiró los edredones al suelo y clavó la mirada en el centro del colchón. Pero tampoco ahí apareció nada de lo que ya sabía que estaba ahí desde antes; unas manchas reconocibles cuya procedencia conocía perfectamente. Volvió a sentarse.

Odiaba intensamente a aquel hombre. Un odio pleno y liberador, como una barra de acero a lo largo de toda la columna vertebral. No había tenido esa sensación hasta ese día. Había visto a aquel individuo caminar vivito y coleando, como si nada hubiese sucedido, como si su vida fuera solo una nimiedad que él había arruinado un sábado por la noche cualquiera. Era una bendición. Ahora tenía alguien a quien odiar.

Ya no era un monstruo abstracto al que era imposible poner cara. Hasta ahora no había sido una persona, solo una dimensión, un fenómeno. Algo que había entrado en su vida para barrerlo todo, como un huracán de esos que suelen asolar el oeste del país, o como un tumor cancerígeno; algo contra lo que era imposible escudarse, algo que alcanzaba a las personas de vez en cuando, pero de un modo totalmente indefectible y fuera de cualquier control.

Pero eso se acabó. Era un hombre, una persona que había decidido inmiscuirse en su vida. Podía haberlo evitado, podía haber optado por no hacerlo, podía haber elegido a otra. Pero la eligió a ella. Los ojos bien abiertos, con todos los sentidos alerta y con plena conciencia.

El teléfono estaba en el mismo lugar de siempre, encima de una mesa de pino al lado de un despertador y una novela policiaca. Sobre una balda a la altura del suelo, localizó el listín telefónico. Encontró fácilmente el número y pulsó las ocho cifras. Cuando, tras muchos rodeos, creyó dar con el departamento en cuestión, consiguió hablar con una señora muy amable.

—Buenos días, mi nombre es... Me llamo Sunniva Kristoffersen —dijo, presentándose—. Estuve en la Estación del Este, no, quiero decir en la Estación Central, hoy. Tuve un ligero percance y uno de sus empleados que andaba por ahí me prestó su ayuda con muchísima amabilidad, a eso de las 10.30. Alto, con muy buena presencia, muy ancho de espaldas, el pelo claro y el flequillo un poco despoblado. Me gustaría tanto agradecérselo, pero me olvidé de preguntarle el nombre. ¿Tiene una idea de quién puede ser?

La empleada lo identificó enseguida. Le proporcionó un nombre y le preguntó si quería dejar algún mensaje.

—No, gracias —contestó apresuradamente Kristine—. Creo que le enviaré unas flores.

Finn Håverstad había acudido hacía unos años a una fiesta en la cual conoció a un reportero del *Dagsrevyen*, el informativo de la cadena pública danesa. Era una persona notoria, galardonada con el Narvesenprisen por la investigación que emprendió, en busca y captura de un armador que había robado y actuado fraudulentamente con bonos del Estado. El hombre había sido amable, y el dentista había disfrutado de su conversación. Tenía una idea preconcebida muy imprecisa acerca de su labor: creía que ese tipo de periodismo de investigación se basaba en encuentros furtivos y reuniones secretas, a altas horas de la madrugada. El reportero fortachón se había reído cuando le había preguntado si era así.

—¡El teléfono! ¡El noventa por ciento de mi trabajo se basa en conversaciones telefónicas!

Ahora empezaba a entenderlo. Es increíble todo lo que uno podía conseguir con el genial invento de Bell. En el pequeño bloc de notas ante él tenía el nombre de seis propietarios de vehículos que habían estado aparcados en un corto tramo de calle en el barrio de Homansbyen la madrugada del 29 al 30 de mayo.

Cuatro eran mujeres, aunque no tenía por qué significar

algo concreto. Podía haber sido el marido, el hijo o, incluso, un ladrón de coches quien hubiera utilizado el vehículo. Pero, como punto de partida, decidió apartarlas en un primer momento. Solo quedaba un coche. Marcó el número de la comisaría de la región de Romerike y se presentó.

—Como se lo estoy contando, algún sinvergüenza me ha jugado una mala pasada —le dijo indignado al policía que había contestado a su llamada—. Aparqué en la estación de ferrocarril; cuando volví, el coche tenía un golpe y un rayón en la pintura. Menos mal que una joven apuntó la matrícula. El tío no dejó ningún aviso, claro está. ¿Me podría ayudar con esto?

El policía manifestó una total comprensión por el problema, anotó la matrícula, dijo «Un momento» y a los dos minutos estuvo en condiciones de poder proporcionarle la marca del coche, su propietario y su dirección. Finn se deshizo en elogios y agradecimientos.

Ahora los tenía a todos. En primer lugar, había intentado con Brønnøysund, pero fue imposible contactar con ellos. Al final, lo más sencillo fue recurrir a la historia del atropello. Llamó a siete comisarías distintas para no levantar sospechas. Que lo hubieran atropellado siete coches era poco creíble.

La única pega era que en los registros de la Policía no figuraba el color de los vehículos. Además, sin duda era necesario volver a comprobar las direcciones, ya que podían haber cambiado desde que los coches fueron registrados. Para mayor seguridad, llamó a todos los registros civiles. Las esperas eran interminables.

Ya no le faltaba nada. Los registros civiles le habían facilitado las fechas de nacimiento, un detalle al que no le había dado importancia.

Cuatro eran las mujeres que había apartado a un lado. Uno de los hombres había nacido en 1926, demasiado viejo, aunque podía tener un hijo de la edad adecuada, pero también lo descartó. Solo quedaban dos. Ambos vivían en la región de Oslo. Uno en Bærum y el otro en Lambertseter.

No estaba contento. Al contrario. La ansiedad que anidaba en su pecho permanecía. Sentía un nudo en el estómago. Estaba muerto de cansancio, pues había dormido muy poco últimamente. La diferencia era que ahora tenía algo concreto a lo que hincarle el diente. Iba a enfrentarse con alguien odioso.

Juntó sus apuntes, se los guardó en el bolsillo trasero del pantalón y se fue a la calle, a comprobar quiénes eran aquellos dos hombres.

Cecilie había aceptado sin rechistar otra noche de trabajo, estaba de buen humor. No así Hanne. Eran casi las siete y se encontraba en la sala de emergencias junto con Håkon y el inspector Kaldbakken. Los demás se habían ido a casa. Aunque trabajaban todos bajo la misma presión, no era motivo para agotar a la gente tan pronto.

Ella, fiel a su método, había esbozado todo el caso. Una pizarra blanca dominaba la estancia desde el centro. Había trazado una línea del tiempo que se iniciaba el 8 de mayo y se alargaba hasta aquel mismo día.

Cuatro masacres de los sábados en cinco semanas, ninguna el 29 de mayo.

—Puede ser, simplemente, que no la hayamos descubierto —dijo Håkon—. Tal vez sí que se haya producido.

Kaldbakken pareció estar de acuerdo, tal vez solo porque quería irse a casa. Estaba cansado y, para colmo, había pillado un resfriado de verano que no ayudaba precisamente a sus vías respiratorias.

—Existe, a su vez, otra posibilidad —dijo Hanne, frotándose la cara con insistencia. Se acercó a la ventana estrecha y se quedó de pie, mirando a la calle, contemplando el ocaso de la noche estival sobre la capital. Nadie dijo nada durante un buen rato—. Ahora estoy del todo segura —proclamó de repente, y se dio la vuelta—. Sucedió algo el sábado 29 de mayo. Pero no fue ninguna «masacre del sábado». —A medida que hablaba, crecía su ánimo. Era como si quisiera convencerse a sí misma antes que a los demás—. Kristine Håverstad —exclamó—. ¡Kristine Håverstad fue violada el 29 de mayo!

Nadie intentó discutirlo, pero tampoco entendían qué tenía que ver eso con el caso.

—¡Tenemos que irnos! —casi gritó—. ¡Te espero en casa de Kristine!

Y

El primero, el de Lambertseter, ese era imposible que fuera el sospechoso. El coche no era de color rojo. Por otro lado, es posible que el anciano del segundo se hubiera equivocado. Aunque había observado la presencia de un coche rojo, las anotaciones de E dejaban bien claro que ese día hubo varios coches desconocidos aparcados en esa calle durante toda la noche.

No, lo determinante era el aspecto del tipo. El desconocido llegó en coche a las cinco y media. Finn vio el vehículo de inmediato, apareció a la salida de una curva y entró en una urbanización tranquila con calles estrechas sin asfaltar. El coche estaba recién lavado y la matrícula se podía leer perfectamente. El hombre parecía tener mucha prisa, porque no se preocupó de meter el coche en el garaje. Cuando salió del Volvo, pudo distinguirlo con mucha claridad, a una distancia de quince metros y con inmejorables vistas al chalé de nueva construcción.

Tenía la altura correcta, alrededor del metro ochenta y cinco. Pero estaba completamente calvo, solo una estrecha corona de pelo alrededor de una enorme luna indicaba que había sido rubio desde sus años mozos. Además estaba gordo.

Ya solo faltaba uno, el hombre de Bærum. Iba a tardar mucho en llegar al lugar y, en el peor de los casos, no le daría tiempo a verlo ese día. Eran más de las siete de la tarde y era muy probable que el tipo estuviera ya en su casa, de vuelta de su trabajo. Håverstad aparcó su propio coche en fila, detrás de otros vehículos situados a lo largo de aquella carretera medianamente transitada. La dirección correspondía a un chalé adosado, y cada vivienda disponía de una rampa de entrada a un garaje desde la carretera. Cuando llegó a su destino, estuvo dudando sobre dónde colocarse para esperar. Caminando por los alrededores acabaría llamando la atención, porque la zona era muy abierta y la gente circulaba hacia o desde un lugar concreto. No había ningún sitio cerca donde fuera natural permanecer durante un tiempo, ningún banco para sentarse a leer el periódico ni ningún parque infantil para quedarse a mirar cómo juegan los niños. Tampoco es que fuera una muy buena idea, en los tiempos que vivían, pensaba él.

El problema se solucionó cuando un joven apareció y se sentó detrás del volante de un Golf aparcado cerca del lugar. En cuanto el vehículo se alejó, deslizó su propio coche en el hueco libre. Encendió la radio, bajó el volumen y se hundió en el asiento.

Había empezado ya a elucubrar un plan alternativo. Podía llamar a la puerta para preguntar algo o para vender cualquier cosa, pero al fijarse en la ropa que llevaba, se dio cuenta de que no tenía ni de lejos aspecto de comercial; además, no tenía nada que ofrecer.

A las ocho menos veinte llegó el coche. Un Opel Astra de color rojo intenso. Tenía los cristales tintados, lo que impidió que pudiera ver al conductor. La puerta del garaje debía de ser automática, porque cuando el Opel enfiló la rampa, empezó a levantarse lentamente. Lo hizo demasiado despacio, al menos para el conductor, que, impaciente, hacía rugir el motor, esperando a que la abertura fuera lo suficientemente grande para meter el vehículo.

A los pocos segundos, el hombre salió por el portón y se giró enseguida hacia la boca abierta del garaje. Håverstad observó que sostenía un aparatito, quizás el mando de la puerta. El mecanismo se cerró y el tipo saltó por encima de un pasillo enlosado en dirección a la entrada del adosado.

Era él. Era el violador, ni una sombra de duda. En primer lugar, respondía con total exactitud a la descripción que había dado Kristine. En segundo lugar, y aún más importante, lo presentía. Lo supo en cuanto el tipo salió del garaje y se dio la vuelta. No pudo ver su rostro más que fugazmente, pero fue suficiente.

El padre de Kristine Håverstad, brutalmente violada en su domicilio el 29 de mayo, sabía que aquel era el agresor de su hija. Tenía el nombre, la dirección y el número de identidad. Sabía qué coche conducía y cómo eran sus cortinas. Sabía incluso que acababa de cortar el césped.

—O sea, ¿que no has ido? —preguntó, sorprendido, cuando ella regresó a casa en el momento en que el sol se despedía—. Creí que te ibas a la cabaña.

Cuando ella se giró para tenerlo de frente, él notó una punzada aguda en el pecho, más violenta que nunca. Parecía un pajarito, a pesar de su altura. Los hombros se inclinaban y los ojos habían desaparecido en algún lugar del cráneo. La boca iba tomando un aire que le recordaba cada vez más a su difunta esposa.

No podía aguantar más.

—Venga, siéntate —le pidió, sin esperar explicaciones sobre el cambio de planes—. Siéntate aquí un poco.

Golpeó con la mano el espacio libre a su lado en el sofá. Ella optó por la silla situada frente a él. Intentaba desesperadamente cazar su mirada, pero no lo lograba.

—¿Dónde has estado? —preguntó en vano.

Luego se fue a la cocina a buscar algo para beber. Sorprendentemente, rechazó la copa de vino tinto que él le tendía.

—¿Tenemos cerveza? —preguntó la mujer.

«Tenemos cerveza.» Hablaba en plural, ya era algo. Al poco, estaba de vuelta en el salón, había cambiado la copa por una jarra espumosa. La chica bebió medio vaso de un trago.

Había deambulado por las calles durante horas, de eso no habló. Había estado en su propio apartamento, tampoco lo mencionó. Además, había descubierto quién era el violador, pero no tenía intención de hablar de ello.

—Por ahí —dijo en voz baja—. He estado por ahí.

Entonces abrió los brazos de par en par, se levantó y se quedó tiesa, como apresada, en una postura de completo abatimiento.

—¿Qué voy a hacer, papá? ¿Qué voy a hacer?

De repente, deseó poderosamente contarle lo que había visto esa tarde. Quería descargarlo todo sobre él, dejar que él se hiciera cargo de todo, incluida su vida. Tomó impulso cuando vio que él se inclinaba hacia delante y escondía la cabeza entre las rodillas.

En toda su vida, Kristine solo había visto a su padre llorar en dos ocasiones. La primera vez era un recuerdo remoto y borroso del entierro de su madre. La segunda, hacía tan solo tres años, cuando el abuelo paterno se murió repentina e inesperadamente con tan solo setenta años, tras una operación de próstata «sin importancia».

Cuando se dio cuenta de que lloraba, supo que no podía contarle nada. Así que se sentó frente a él, abrazó su enorme cabeza y la posó sobre su regazo.

No duró mucho tiempo. Él se levantó como un resorte, se secó las lágrimas y cogió la cara menudita de su hija entre sus manos.

—Lo voy a matar —dijo pausadamente.

Había amenazado muchas veces con matarla a ella y a otros, cuando estaba realmente cabreado. Solían ser palabras sin sentido, provocadas por la ira. En un instante oscuro, lo vio claro. Esta vez iba en serio. Estaba muerta de miedo.

Hanne los había estado esperando durante más de diez minutos. Estuvo mirando impacientemente el reloj cada dos minutos, recostada sobre su moto aparcada. Cuando por fin llegaron al edificio gris recién renovado, el cielo dibujaba una paleta de colores que iba del azul oscuro al índigo, lo cual hacía presagiar que el día siguiente iba a ser, al menos, igual de espléndido.

—Mirad esto —dijo, cuando Kaldbakken y Håkon habían conseguido calzar el coche camuflado, en un hueco estrechísimo y se estaban acercando a ella. Los esperaba en la entrada del inmueble—. Mirad este nombre.

Señalaba el timbre que no tenía la placa con el nombre del inquilino y cuya única identificación era un trozo de papel pegado con cinta por fuera del cristalito.

—Refugiado en situación de demanda de asilo. Solo en el mundo.

Llamó al timbre. Nadie contestó. Llamó de nuevo, sin obtener respuesta. Kaldbakken lanzaba esputos de exasperación y no lograba entender por qué tenía que desplazarse tan lejos y tan tarde. Si Hanne tenía algo muy importante que comunicarle, lo podía haber hecho en la comisaría.

De nuevo oyeron el sonido del timbre a lo lejos sin que hubiera respuesta. Hanne pisó un pequeño trozo de césped que separaba el muro del edifico con la acera, se puso de puntillas y alcanzó justo la ventana oscura del primero. No advirtió ningún movimiento en el interior. Desistió e hizo una señal a los otros dos de que volvieran a sentarse en el coche. Una vez dentro, Kaldbakken encendió un cigarrillo, mientras esperaba tensamente una explicación. Hanne se deslizó en el asiento trasero, se inclinó hacia los dos hombres apoyando los brazos en los asientos delanteros y posó la cabeza encima de sus manos entrelazadas.

—¿Qué significa todo esto, Wilhelmsen? —preguntó Kaldbakken, con la voz cansina y casi imperceptible.

En ese momento se dio cuenta de que necesitaba más tiempo.

—Lo explicaré todo más tarde —dijo—. Mañana, tal vez. Sí, seguro, mañana.

Sabía a quién le iba a tocar ese sábado, lo decidió sobre la marcha. Ella afirmó que era de Afganistán, pero él sabía perfectamente que mentía. «Paquistaní», dictaminó, aunque más guapa de lo que solían ser.

Estaba acostado en la cama, no en una de las dos mitades de la inmensa cama doble, sino en el centro, de modo que sentía las juntas de los colchones clavársele con dureza en la columna vertebral. Los edredones estaban tirados en el suelo y él estaba desnudo. Tenía una pesa en cada mano y las separaba lentamente hasta el máximo, manteniendo la misma cadencia para, acto seguido, volver a juntarlas con los brazos extendidos por encima de su pecho sudado.

«Noventa y uno, respiro.» «Noventa y dos, respiro.»

Se sentía más feliz de lo que lo había estado en mucho tiempo. Ágil, libre y pletórico de fuerzas.

Sabía perfectamente a quién se iba a cargar, el lugar y lo que tenía que hacer.

Llegó al centenar y se incorporó. Se quedó sentado encima de la cama. Un espejo de gran tamaño colgado en la pared de enfrente le proyectó la imagen que deseaba ver. Luego entró en el baño.

Por alguna razón, no le apetecía volver a casa. Hanne estaba sentada en un banco en el exterior de la calle Grønland, 44, meditando sobre la vida. Estaba cansada, pero no tenía sueño.

Por un momento, tuvo claro que existía algún tipo de conexión entre las masacres de los sábados y la violación de la joven y bella estudiante de Medicina. Pero ya no.

La sensación de permanecer inmóvil y no avanzar la abrumó y le restó las pocas fuerzas que le quedaban. Trabajaban sin descanso, dirigían efectivos de un lado a otro y sentían que su labor era, de algún modo, eficiente. Pero los resultados eran imperceptibles y la investigación era demasiado técnica. Buscaban cabellos, fibras y otras huellas muy definidas. Se analizaba cada gota de un escupitajo y se manejaban informes incomprensibles de los expertos sobre estructuras de ADN y tipos de sangre. Evidentemente, era necesario, pero a años luz de ser suficiente. El individuo de los sábados no era normal. Había, hasta cierto punto, sentido en las cosas que hacía, una especie de lógica absurda. Se ceñía a un día específico de la semana. Si era cierta la hipótesis de que otros tres cuerpos de extranjeras seguían enterrados en algún lugar allá fuera, eso significaba, además, que era listo. Por otro lado, había elegido ponerlos sobre la pista correcta al referirles la identidad de las víctimas a las que había eliminado.

Hanne respetaba el trabajo de los psicólogos, cosa que no hacían la mayoría de sus colegas. Es cierto que también defendía muchas cosas absurdas, pero, por lo general, solían atinar. Al fin y al cabo, era una ciencia probada, aunque no fuera muy exacta. Había tenido que pelear en varias ocasiones para conseguir el perfil psicológico de malhechores y criminales desconocidos y huidos de la justicia. Ya no lo necesitaba. Al echarse hacia atrás, apoyando la espalda contra la pared y comprobar que era casi de noche, se dio cuenta de que la cruda realidad de más allá de las fronteras, de Europa y del mundo, había alcanzado a la «Noruega criminal» hacía ya mucho tiempo. El problema es que no querían verlo, era demasiado aterrador. Hacía veinte años, los asesinos en serie eran privilegio de los Estados Unidos. En la última década, habían aparecido casos similares en Inglaterra.

Por su parte, no existían muchos asesinos en serie en la historia judicial noruega, y los pocos casos revelaban un pasado y una historia propia tristes y demenciales. Los compañeros de Halden acababan de destapar una de ellas. Homicidios casuales efectuados, supuestamente, por el mismo hombre a lo largo de mucho tiempo y sin más motivo aparente que la falta de dinero. Un par de años atrás, un joven mató a tres de sus compañeros, con los que compartía una colectividad en Slemdal, porque le habían reclamado las treinta mil coronas que les debía por el alquiler. Los peritos en psiquiatría forense concluyeron que aquel tipo no era, para nada, un desequilibrado.

¿Qué inducía a actuar al hombre de los sábados? Solo podía intentar adivinarlo. Había estudiado en la literatura especializada que los delincuentes podían, de hecho, abrigar un deseo oculto de ser cazados.

Pero no parecía el caso.

—Se regocija sabiendo que nos está tomando el pelo —se dijo a sí misma en voz baja.

—¿Estás aquí sentada hablando contigo misma?

Se sobresaltó. Delante desapareció la figura de Billy T.

Lo contempló asustada durante unos segundos y luego empezó a reírse.

—Creo que empiezo a hacerme vieja.

—Pues por mí envejece en paz —dijo Billy T. acomodándose en su moto, una enorme Honda Goldwing.

—No entiendo cómo puedes tener ganas de pasear con este autobús —le vaciló, antes de que él se pusiera el casco.

La miró haciéndole burla y no quiso contestar.

De repente se levantó y fue corriendo hasta él, mientras arrancaba la motocicleta. No oyó lo que dijo y se quitó el casco.

—¿Te vas a casa? —le preguntó, sin pensárselo mucho.

—Sí, tampoco hay muchas más cosas que hacer a estas horas de la noche —dijo, mirando el reloj.

—¿Damos una vuelta juntos?

—¿Y crees que tu Harley podrá soportar que la vean junto a una japonesa?

Estuvieron dando vueltas en la noche veraniega durante más de una hora: Hanne delante, haciendo un ruido ensordecedor; Billy T., detrás, con un murmullo sedoso y profundo entre las piernas. Fueron por la vieja carretera de Moss hasta Tyrigrava y de vuelta. Rondaron por las calles de la ciudad y levantaron la mano en forma de saludo, de obligado cumplimiento, al pasar por delante de todos los vaqueros vestidos de cuero, cerca de Tanum, en la avenida de Karl Johan; sus motos estaban aparcadas la una al lado de la otra, como caballos a la entrada de un viejo *saloon*.

Acabaron junto al lago de Tryvann, en una inmensa explanada de estacionamiento sin un solo coche. Pararon y aparcaron las motos.

—Se pueden decir muchas cosas sobre esta primavera —dijo Billy T.—. ¡Pero los moteros no nos podemos quejar del clima!

Oslo desplegaba ante ellos su mapa urbano. Sucia y polvorienta, con un sombrero de contaminación todavía visible, aunque la noche se había echado encima. El cielo no estaba del todo oscuro y tampoco lo estaría hasta finales de agosto. Aquí y allá, vislumbraban el débil resplandor de una estrella, el resto se había desplomado sobre la superficie terrestre. La ciudad entera era una manta de minúsculas fuentes luminosas, desde Gjelleråsen, al este, hasta Bærum, en el oeste. En el horizonte, el mar era negro.

Había barreras viales rojas y blancas en una esquina del aparcamiento, donde empezaba la cuesta que bajaba al sotobosque situado debajo de ellos. Billy T. se acercó y se sentó separando las piernas y llamándola para que se acercara.

—Ven aquí —le dijo, pegándola a su cuerpo.

Ella se quedó de pie entre sus piernas, la espalda pegada a su pecho.

Se dejó estrechar de mal grado. Era tan alto que su cabeza estaba a la altura de la suya, aunque permanecía sentado y ella estaba de pie. Él la arropó con sus enormes brazos y arrimó su cabeza a la suya. Sorprendida, ella comprobó que se sentía muy relajada.

—¿No estás hasta el gorro a veces, Hanne, de ser poli? —le preguntó en voz baja.

Asintió con un leve movimiento de la cabeza.

—Todos acaban hartos de vez en cuando, aunque, la verdad sea dicha, cada vez con más frecuencia. Mira esta ciudad —prosiguió—. ¿Cuántos delitos crees que se están cometiendo ahora, en este preciso instante?

Ninguno de los dos dijo nada.

—Y aquí estamos nosotros, y no podemos hacer más de lo

que hacemos —añadió ella al cabo de un buen rato—. Es extraño que la gente no proteste.

—Claro que lo hacen —dijo Billy T.—. Protestan la hostia. En los periódicos, nos ponen a caldo todos los putos días; durante las pausas, cuando estamos almorzando, en todos los lados y en las fiestas y celebraciones. Te diré que nuestra reputación está por los suelos, y la verdad es que lo entiendo. Lo que temo es qué pasará cuando la gente ya no se conforme con protestar.

Era realmente agradable estar allí. Olía a chico y a cazadora de cuero, y su bigote le hacía cosquillas en la mejilla. Agarró sus brazos y los apretó aún más alrededor de la cintura.

—¿Por qué sigues con toda esta aura misteriosa, Hanne? —dijo Billy T. en voz baja, casi susurrando.

Estaba preparado para responder a su reacción, así que cuando notó que ella se crispaba y que quería liberarse, él la retuvo.

—Venga, déjate de chorradas y escúchame. Todo el mundo sabe que eres una agente de policía magnífica. Joder, si no existe un puto funcionario en todo el estamento con tu fama. Además, todo el mundo te quiere y se habla bien de ti en todos lados.

Ella seguía intentando soltarse. Pero se dio cuenta de que estando en esa posición evitaba tener que mirarlo a los ojos, así que cedió. Pero era todo menos grato.

—Me he preguntado muchas veces si estás al tanto de los rumores que circulan sobre ti. Porque corren, ¿sabes? Quizá con menos intensidad que antes, pero la gente se hace preguntas, claro está. Una mujer estupenda como tú y sin conocérsele ninguna historia con tíos.

Podía intuir que él sonreía aunque mirara fijamente a lo lejos, a la colina de Ekebergåsen.

—Debe de ser agotador, Hanne, muy agotador.

La boca estaba tan cerca de su oreja que sintió el movimiento de sus labios.

—Lo único que quería decirte es que la gente no es tan tonta como crees. Cuchichean un poco y luego lo olvidan. Cuando algo está confirmado, ya no es tan interesante. Eres una chica espléndida y nadie puede cambiar eso. Pienso que deberías olvidarte de todos estos secretismos.

La soltó, pero ella no se atrevió a moverse. Permaneció inmóvil, atenazada por un pánico profundo a que él pudiera ver su cara. Estaba sofocada y no se atrevía a respirar.

Puesto que no hacía ademán de querer irse, él volvió a rodearla con los brazos y empezó a mecerla suavemente de un lado a otro. Permanecieron así durante interminables segundos, mientras las luces se iban apagando una a una en la ciudad, a sus pies.

Martes, 8 de junio

$\mathcal{Y}$a nadie bebía café, todo el mundo prefería Coca-Cola. La idea de dejar fluir un líquido caliente por la garganta seca era sencillamente repulsiva. Un puesto de cerveza en el vestíbulo se convertiría en una mina de oro. El pequeño frigorífico del comedor soltaba suspiros y quejidos de desánimo por la cantidad de botellas de plástico apiladas en su interior que no lograban enfriarse antes de que alguien las volviera a sacar.

Fue aquella mañana cuando Hanne introdujo el té helado ante sus compañeros del A 2.11. A las siete de la mañana y sin haber pegado ojo, daba vueltas frotando y limpiando las cafeteras mugrientas. A continuación, preparó catorce litros de té, fuerte como la pólvora. Lo mezcló todo con grandes cantidades de azúcar y dos botellas de esencia de limón en un bidón de acero, de esos que se utilizan para destilar. Lo «tomó prestado» del almacén de objetos incautados. Finalmente, llenó la cuba hasta el borde con hielo picado, que había mendigado en la cocina del comedor. Fue todo un éxito. El resto del día, todo el mundo transitaba con vasos repletos, sorbiendo té helado y extrañado de que no se le hubiera ocurrido esta idea antes a nadie.

—Menos mal que lo guardé todo —jadeó aliviado Erik, entregando a Hanne un montón de papeles con doce pistas del caso de Kristine Håverstad.

Era el papeleo de los juristas y de los policías, del que se habían reído juntos. El que «gracias a Dios» le había pedido que guardara. Tardó un cuarto de hora en repasarlo todo. Una de las pistas despuntaba más que las otras, además apareció anotada dos veces:

El retrato del diario *Dagbladet*, del 1 de junio, guarda cierto parecido con Cato Iversen. Aunque es verdad que tiene la cara más flaca, se ha comportado últimamente de un modo muy extraño. Ya que trabajo con él, prefiero seguir en el anonimato. Cursamos ambos en la UDI, le encontrarán ahí en jornada diurna normal (horario de oficina).

—*Bull's eye!* —murmuró Hanne, apropiándose enérgicamente de la segunda hoja que Erik le tendía con mucha expectación.

Me quedé pasmado al comprobar hasta qué punto se parece el dibujo a mi vecino Cato Iversen. Vive en Ulveveien 3, Kolsås, y tengo entendido que trabaja en la Dirección General de Extranjería. Ha estado ausente de su domicilio durante largos periodos y está soltero.

La carta estaba firmada con una súplica de permanecer en el anonimato.

Treinta segundos después, Hanne estaba en el despacho de Håkon.

—Necesito un papel azul.

—¿Para qué caso?

—¡Pues para «el caso»! Mira esto.

Le entregó las dos notas. La reacción fue muy distinta a lo que ella esperaba. Sosegado, el hombre leyó los documentos hasta dos veces y se los devolvió.

—Esta es mi teoría —empezó, un poco confundida por la pasmosa tranquilidad del fiscal adjunto—. ¿Has oído hablar de los delitos de «marca»?

Por supuesto que los conocía, él también leía libros.

—El criminal deja alguna marca, una señal, ¿no? Esa marca se hace notoria a través de los periódicos o del boca a oreja. Luego hay alguien que quiere hacer desaparecer a una persona y, por tanto, disfraza el «suyo»... —Movió los dedos para señalar las comillas—. Camufla «su propio» asesinato como si fuera uno de la serie de crímenes ya conocidos.

—Pero eso nunca sale bien —musitó Håkon.

—Eso mismo. Generalmente sale mal porque la Policía no

ha revelado, claro está, todos los signos característicos del caso. Pero aquí, Håkon, aquí tenemos una situación completamente invertida.

—Una situación invertida, ah, sí. ¿De qué?

—Del homicidio que se intenta introducir furtivamente, que se intenta colar disfrazado como uno más de la serie.

Håkon carraspeó, poniendo el puño delante de la boca, esperando que ella profundizara un poco más sin tener que pedírselo.

—¡Aquí tenemos a un asesino de marca que comete un error! Va a llevar a cabo otro crimen en la cadena de asesinatos, pero algo sale mal. No, deja que concrete más.

Arrastró la silla, acercándola a su escritorio, y atrapó al vuelo un folio y un bolígrafo. Bosquejó rápidamente una réplica reducida de la línea cronológica de los acontecimientos, similar a la que había hecho sobre la pizarra blanca de la sala de emergencias.

—El 29 de mayo tenía previsto volver a violar y asesinar a una refugiada. Esta, demandante de asilo.

Soltó una carpeta encima de la mesa. Håkon no la tocó, pero torció la cabeza para poder leer el nombre inscrito en la cubierta. Era la mujer que vivía en la planta inferior, la que habían intentado localizar la pasada noche.

—Mira —dijo Hanne, frenética y hojeando los documentos—. Es perfecta. Llegó sola a Noruega para reunirse con su padre, o eso creía, porque murió unos días antes de que ella llegara. Luego heredó un piso y algo de dinero, y se ha mantenido en la sombra a la espera de que la gente de UDI mueva el culo. La víctima ideal, ni siquiera vive en el centro de acogida.

—Entonces, ¿por qué no se la cargó, no era tan perfecta?

—Eso no lo sabemos, claro está. Pero mi hipótesis es que se había ido fuera, de viaje, lo que sea. Lo cierto es que me contó que estuvo durmiendo y que no oyó nada, pero, por el pánico que esa gente tiene a la Policía, es posible que mintiera. Entonces tenemos a nuestro hombre allí, esperando, hasta que aparece Kristine Håverstad. Una monada de chica, atractiva. Y lo que hace es sencillamente un cambio.

Håkon tuvo que reconocer que la teoría tenía cierto fundamento.

—Entonces, ¿por qué no la mató?

—Es evidente —dijo Hanne, levantándose. Parecía cansada, a pesar de la excitación. Se agarró de las caderas y empezó a balancear el tronco repetidas veces de un lado a otro—. ¿Cuántos sumarios de violación sobreseemos, Håkon?

Abrió las manos en un gesto de desconocimiento.

—No tengo ni la menor idea, pero son un huevo. Demasiados.

Ella volvió a sentarse y se inclinó hacia él. Håkon observó que la cicatriz encima del ojo parecía ahora más marcada. ¿Estaba más flaca?

—Sobreseemos cada año más de cien violaciones, Håkon. ¡Más de cien! ¿Y cuántas de estas han sido objeto de una mínima investigación?

—No muchas —murmuró el hombre, no sin cierto sentimiento de culpabilidad. Inconscientemente, reposo la vista en un pequeño montón de papeles. Eran tres sumarios de violación que esperaban el sello de sobreseimiento. Abultaban muy poco; prácticamente, cero pesquisas.

—¿Cuántos homicidios sobreseemos cada año? —siguió preguntando, retóricamente.

—¡No sobreseemos casi nunca los homicidios!

—¡Precisamente! No «podía» matar a Kristine Håverstad. Lo habrían descubierto a las pocas horas y habríamos rondado por toda la ciudad como un enjambre de avispas. Este tío es listo. —Pegó con el puño en la mesa—. Condenadamente listo.

—Bueno, no ha sido tan jodidamente listo, al fin y al cabo. Dejó que Kristine viera su rostro.

—Sí, bueno, apenas diría yo. Mira qué retrato robot hemos conseguido. No es de los más sólidos que digamos.

Una oficial de la Fiscalía entró y le entregó a Håkon un proceso de encarcelamiento.

—Llegarán otros cinco del grupo de hurtos —dijo compadeciéndose y se esfumó.

—No obstante, hay un detalle que no encaja, que no me cuadra —dijo Håkon, reflexionando—. Si está en posesión del plan perfecto, ¿por qué no se ciñe a él? ¿No estaría tan cachondo como para «tener que pillar» aquella noche?

Claro que podía estarlo. Hanne y Håkon llegaron simultáneamente a la misma conclusión. El año anterior, una sucesión de violaciones castigó a Oslo y, también entonces, la mayor parte acaeció en el distrito de Homansbyen. Al final atraparon al culpable casi por casualidad. La explicación sobre cuál fue el motivo que empujó al criminal a cometer sus delitos se encendió como una luz para ambos.

—¡Pastillas! —dijo Håkon, mirando asustado a su compañera—. ¡Esteroides anabolizantes!

—Buscamos a un cachas —afirmó Hanne, en un tono seco—. Cada vez hallamos más pistas. Y ahora mismo, como te pedí, quiero un papel azul para este tío. Cumple todos los requisitos para ser el sospechoso perfecto.

Golpeó con la yema de los dedos la carpeta con los dos informes y dejó el impreso azul encima de la mesa delante de su compañero. Él no lo tocó.

—Estás cansada —dijo.

—¿Cansada? Sí, por supuesto que estoy cansada.

—Estás tan cansada que no puedes pensar con claridad.

—¿Pensar con claridad? ¿Qué diablos quieres decir con eso?

Estaba agotada, de eso no había ninguna duda, todo el mundo lo estaba. Pero no iba a mejorar por el hecho de que Håkon fuera a retrasar aquella detención.

—Con esto no tenemos ni para empezar —afirmó, cruzando los brazos encima del pecho—. Y lo sabes muy bien.

Hanne no sabía muy bien qué pensar. Habían pasado muchos años desde la última vez que un jurista se negara a firmarle una orden de arresto. Nunca, en los cuatro años que llevaban trabajando juntos, Håkon se había negado. Su asombro era tan grande que tuvo que reprimir una creciente ira.

—¿Quieres decir que…? —Se levantó y se apoyó en su escritorio de un modo amenazador—. ¿Me estás diciendo que no me vas a firmar un papel azul?

Él solo asintió.

—¡Pero qué coño…! —Miró al techo, como si alguien de arriba pudiera ayudarla—. ¿Qué demonios quieres decir con esto?

—Quiero decir que esto no justifica de ningún modo una detención. Cita al tío según el procedimiento habitual, intenta conseguir algo más y luego hablamos del caso con vistas a una eventual encarcelación.

—¿Encarcelación? ¡Santo Dios, si no estoy pidiendo una encarcelación! ¡Estoy solicitando un simple y sencillo papel azul para el caso de un loco que tal vez haya costado ya la vida a cuatro chicas!

Håkon no había visto nunca a Hanne tan enfadada. Aun así, siguió en sus trece, pues sabía que tenía razón. Dos soplos sobre un posible autor no eran un motivo razonable para poder sospechar de alguien, aunque trabajara en la UDI y, por consiguiente, tuviera libre acceso a toda la información que deseara sobre refugiados. La idea lo estremeció.

Sabía que no era suficiente y que, en el fondo, ella también lo sabía. Quizá por eso no dijo nada. Cogió el papel azul sin rellenar y los dos avisos, y dio un portazo al marcharse.

—¡Cabrón! —masculló, ya en el pasillo.

Un tipo tristón estaba sentado en una silla incómoda, esperando su turno para algún interrogatorio. Se sintió aludido y, apurado, miró al suelo.

—Tú no —añadió la mujer, y siguió su camino.

Erik esperaba en el despacho con impaciencia. Deseaba enterarse de lo que estaba pasando, pero, en vez de eso, recibió una petición en un tono exageradamente educado de encontrar ya a Kristine Håverstad. La necesitaban de inmediato, no, hacía una hora. Salió corriendo.

Agarró el listín telefónico y encontró el teléfono de la Dirección General de Extranjería. Respiró hondo cinco veces para serenarse del todo y, a continuación, marcó el número.

—Cato Iversen, gracias —preguntó.

—Tiene horario de llamadas entre las diez y las dos, tendrá que volver a llamar entonces —contestó la voz seca y atonal.

—Llamo de la Policía, tengo que hablar con Iversen ahora.

—¿Cuál era su nombre?

La mujer no se rendía tan fácilmente.

—Hanne Wilhelmsen, jefatura de Policía.

—Un momento.

Fue una presentación del todo insuficiente. Tras cuatro minutos de silencio total, sin siquiera una voz que le dijera «Manténgase a la espera, en breve le atenderemos», pulsó el botón de interrupción de llamadas y volvió a marcar el número.

—UDI, ¿en qué puedo servirle?

Era la misma mujer.

—Soy Hanne Wilhelmsen, de la Brigada Judicial, Grupo de Homicidios y Violaciones, Jefatura de Policía de Oslo. Tengo que hablar de inmediato con Cato Iversen.

La mujer se quedó perpleja. A los diez segundos, Cato Iversen respondió. Se presentó con su apellido.

—Buenos días —dijo Hanne, en un tono neutro o, al menos, lo más neutro de lo que fue capaz en ese momento—. Soy Hanne Wilhelmsen, de la Brigada Judicial, jefatura de Oslo.

—Muy bien —contestó el hombre.

Ella notó que no parecía nada preocupado. Se consoló pensando que estaba acostumbrado a hablar con la Policía.

—Me gustaría tomarle declaración con relación a un caso en el que trabajamos actualmente. Es urgente. ¿Puede venir?

—¿Ahora? ¿Ahora mismo?

—Sí, cuanto antes.

Por la pausa que surgió, estaba claro que el hombre se lo estaba pensando.

—El caso es que me es del todo imposible, lo siento. Pero yo...

La mujer pudo escuchar el ruido de papeles; era más que probable que estuviera mirando su agenda.

—Puedo el lunes que viene.

—Eso no es posible, necesito hablar con usted ahora. No tardaremos nada —mintió descaradamente.

—¿De qué se trata?

—Lo hablaremos cuando venga, le espero dentro de una hora.

—Pero qué está diciendo, eso es imposible. Voy a dar una conferencia en un seminario interno que tenemos ahora.

—Venga de inmediato —dijo en voz baja—. Diga que se encuentra mal, invéntese cualquier cosa. Puedo ir a buscarlo, claro está, pero tal vez prefiera venir por sus propios medios.

El hombre se mostraba ahora nervioso. «¿Y quién no lo estaría después de una conversación como esta?», pensó Hanne, que prefirió no darle demasiada importancia al hecho.

—Estaré allí dentro de media hora —dijo, finalmente—. Tal vez tarde algo más, pero iré.

Kristine no sabía qué hacer. Su padre salió como siempre a las ocho para acudir a su despacho, pero ya no estaba tan segura de que eso realmente era lo que había hecho. Para cerciorarse y confirmar su sospecha, llamó a la clínica dental y pidió hablar con él.

—Pero, Kristine, cariño —contestó la secretaria, mayor, aunque desenvuelta—. ¡Si tu padre está de vacaciones! ¿No lo sabías?

Ella hizo lo que pudo para convencer a la señora de que había sido todo un malentendido y colgó. No tenía ninguna duda de que su padre iba a cumplir su palabra. Estuvieron charlando la noche anterior durante más de una hora, más de lo que habían hablado en los últimos diez días juntos.

Lo peor de todo era que pensar en ello le resultaba liberador. Era grotesco, espeluznante, una auténtica locura. Esas cosas no se hacen, al menos no en Noruega. Sin embargo, pensar en que el hombre iba a morir la tranquilizaba. Sentía una especie de euforia, la posibilidad de obtener algún tipo de revancha y desagravio. Había destrozado dos vidas y no se merecía otra cosa. Sobre todo cuando la Policía no hacía nada para capturarlo; además, si lo detenían, le caería un año en una celda cojonuda con televisión y ofertas de ocio. No se lo merecía.

Merecía morir, y ella no merecía lo que él le había hecho. Era un ladrón y un asesino. Su padre no se merecía pasar por lo que estaba pasando. Cuando casi consiguió calmarse, casi satisfecha, notó que un escalofrío le recorría toda la espalda. Era simple y llanamente un perfecto despropósito. No se mata a la gente así, sin más, y si alguien lo tenía que hacer, debía ser ella misma.

Había pasado toda una eternidad desde que Billy T. trabajaba de investigador. Ahora llevaba más de cinco años en la Patrulla Desorden del Grupo de Estupefacientes. Era tanto tiempo que, con toda seguridad, acabaría como policía en vaqueros hasta hacerse demasiado viejo. Pero todavía circulaban historias sobre sus dotes de interrogador. No se ceñía para nada al manual, pero tenía un récord de confesiones abrumador. Hanne había insistido y él se había dejado convencer. Entonces se dio cuenta de que tal vez fuera una excusa para volver a estar con él. La noche anterior fue de lo más irreal; ahora que estaba de nuevo en un entorno protegido y con todos los mecanismos de defensa en alerta se daba cuenta. Aun así, sentía una intensa necesidad de verle, de hablar con él de cosas banales y corrientes, de historias de policías. Quería, sencillamente, asegurarse de que seguía siendo el mismo.

Desde luego que lo era. Se iba acercando a su despacho a golpe de bromas y gritos y ella lo oía venir desde lejos. Cuando la vio asomar la cabeza por la puerta para recibirlo, soltó una retahíla de piropos sin la menor alusión a lo que había ocurrido unas horas antes. Tampoco parecía tan cansado. Todo seguía como antes, o casi.

Cuando Hanne vio entrar a Cato Iversen, notó una fuerte punzada en el estómago. No se asemejaba del todo al retrato robot, pero respondía bastante bien a la descripción que hizo Kristine Håverstad de su agresor. Ancho de espaldas y rubio, con entradas profundas. No era especialmente alto, pero el cuerpo musculoso le concedía un aspecto macizo. Estaba bronceado, como tanta gente en aquellos días, casi todos, salvo los currantes de la Jefatura de Policía de Oslo.

Billy T. ocupaba con su presencia casi todo el despacho, así que, añadiendo a Cato Iversen y a Hanne, la habitación estaba a rebosar. Billy T. se posicionó de espaldas a la ventana, sentado sobre el alféizar. A contraluz, su silueta cobraba proporciones gigantescas de contornos afilados y sin rostro. Hanne ocupaba su puesto habitual.

Cato Iversen mostraba signos inequívocos de cierto nerviosismo, aunque dichas señales seguían sin significar ni una cosa ni otra. Tragaba saliva constantemente, se movía inquieto en la silla y puso al descubierto una curiosa e incesante manía de rascarse el dorso de la mano izquierda con la mano derecha.

—Como, sin duda, ya sabrá —empezó diciendo ella—, no

acostumbramos a utilizar grabadoras durante la toma de declaración de los testigos.

Él lo desconocía.

—Pero ahora lo haremos —prosiguió, con una leve sonrisa, y apretó a la vez dos botones de una pequeña grabadora que había sobre el escritorio. A continuación, colocó el micrófono de modo que señalara un punto aleatorio del cuarto—. Comenzaremos con los datos personales —decidió la mujer.

Él se los proporcionó y ella, a cambio, le informó de que no estaba obligado a prestar declaración, pero que tenía que ser sincero en todo lo que dijera, en el caso de que accediera a hablar.

—¿Tengo derecho a un abogado? —Se arrepintió en el momento de formular su pregunta e intentó retractarse con una sonrisa insustancial, un movimiento evasivo de cabeza y un carraspeo. Acto seguido, empezó a rascarse febrilmente una picadura de mosquito imaginaria en su mano izquierda.

—Abogado, Billy T. —dijo Hanne, dirigiéndose a la bestia sentada en el marco de la ventana—. ¿Necesita nuestro amigo un abogado?

Billy T. no dijo nada, solo sonrió, pero Iversen no pudo ver ese detalle, pues desde su posición, el hombre seguía siendo un perfil negro con el fondo azul cielo del exterior.

—No, no, no lo necesito. Era solo una pregunta.

—Es usted un testigo, Iversen —le aseguró Hanne, en un intento desproporcionado de tranquilizar al hombre—. ¿Para qué va a necesitar un abogado?

—Pero ¿de qué se trata?

—Todo a su debido tiempo.

Una sirena bajaba aullando por Åkebergveien, inmediatamente seguida de otra.

—Mucho trabajo con este tiempo —explicó Hanne—. ¿Dónde trabaja usted?

—En UDI. La Dirección General de Extranjería.

—¿Cuál es su función allí?

—Soy lo que se llama un tramitador de expedientes, un funcionario del cuerpo técnico.

—Ajá. ¿Y qué hace un tramitador de expedientes?

—Me encargo de la tramitación de expedientes. —Era evidente que el tipo no había pretendido ser borde, porque tras una breve pausa añadió apresuradamente—: Recibo las solicitudes de permiso de residencia que la Policía ha ultimado. Nosotros somos la primera instancia a la hora de tomar una decisión y elaborar un primer dictamen.

—¿Asuntos relacionados con refugiados?

—Entre otras cosas. Reagrupación familiar, estancias académicas. Trabajo solo con temas procedentes de Asia.

—¿Le gusta su trabajo?

—¿Si me gusta?

—Sí, ¿le parece un trabajo ameno?

—Ameno, bueno, lo que se llama ameno...

Reflexionó un instante.

—Supongo que es un trabajo como cualquier otro. Acabé la carrera de Derecho el año pasado y uno no siempre puede elegir. El trabajo está bien.

—¿Y no da pena tener que echar a todos esos pobrecitos?

Se estaba quedando a cuadros. No esperaba que los policías tuvieran esa actitud.

—No, pena, no —murmuró—. Es el Congreso quien decide, solo llevamos a cabo lo que se aprueba allí dentro. Además, no todo el mundo es expulsado, ¿sabe?

—Pero sí la mayoría, ¿no?

—Bueno sí, tal vez la mayoría.

—¿Qué opinión le merecen los extranjeros?

De pronto, se repuso del asombro.

—¡Pero, bueno! —dijo, incorporándose en la silla—. Ya es hora de que me cuenten de qué va todo esto.

Los dos policías se miraron y Billy T. asintió débilmente con la cabeza. Iversen se percató del gesto.

—Estamos trabajando un caso de suma gravedad que nos trae de cabeza —le contó Hanne—. Las masacres de los sábados, ¿habrá leído algo en los periódicos?

En efecto, había leído cosas. Asintió y empezó a rascarse de nuevo.

—En cada escenario bañado en sangre hallamos una sucesión de números. Números NCE. El domingo encontramos un cuerpo que, posiblemente, es de origen asiático. Y ¿sabe qué?

—Lo dijo incluso con cierto entusiasmo y sacó una hoja de la pila que tenía delante—. ¡Dos de esos NCE corresponden a expedientes que usted tiene actualmente sobre la mesa!

El nerviosismo del hombre iba en aumento. Hanne constató que estaba intranquilo.

—De hecho, somos muy pocos los que trabajamos con casos relacionados con Asia —dijo prontamente—. No hay nada de extraño en ello.

—Ah, ¿no?

—Quiero decir que le sorprendería la cantidad de casos que pasan por nuestras manos cada año. Centenares de tramitaciones para cada uno de nosotros. Puede que hasta miles —agregó enseguida, quizás en un intento de darle más fuerza al argumento.

—Entonces podrá sin duda ayudarme, gracias a la experiencia que atesora. ¿Cómo procesa realmente estos casos? Quiero decir, de un modo administrativo, ¿está todo informatizado?

—Sí, todo está guardado en soporte informático. Pero también tenemos archivos, ¿sabe? De papel, quiero decir, interrogatorios, cartas y tal.

—¿Y en esos informes aparece toda la información acerca de cada uno de los refugiados o demandantes de asilo?

—Sí, bueno, al menos todo lo que necesitamos saber.

—¿Cosas como con quienes llegaron al país, situación familiar, si conocen a alguien aquí, por qué llegaron precisamente a Noruega, todas esas cosas? ¿También salen esos datos en los archivos?

El hombre se removió de nuevo en la silla y parecía estar ponderando la respuesta.

—Sí, toda esa información está incluida en los interrogatorios policiales.

Hanne lo sabía perfectamente. Esa misma mañana, había estado repasando durante una hora los interrogatorios de las cuatro mujeres.

—¿Son muchas las mujeres que llegan solas?

—Algunas. Otras se traen a la familia, y otras ya tienen a familiares viviendo aquí.

—Y algunas se esfuman, he oído.

—¿Se esfuman?

—Sí, desaparecen del sistema sin que nadie conozca su paradero.

—Ah, vale, ese tipo de desaparición… Sí, ocurre.

—¿Y qué hacen con esos casos?

—Nada.

Billy T. levantó su masa corpulenta del alféizar. Tenía el trasero congelado, tras permanecer sentado durante veinte minutos encima del desgastado aparato de aire acondicionado. Se movió lentamente rodeando a Hanne y se quedó de pie, apoyando el brazo en una estantería esmaltada y mirando al testigo.

—Ahora vamos a ir directos al grano, Iversen —dijo—. ¿Dónde suele estar usted los fines de semana?

El hombre no contestó. La picazón se hizo tangible.

—Basta ya con eso —ordenó Hanne, irritada.

Cato Iversen estaba al borde de un ataque de pánico, aunque no lo exteriorizaba. Los policías lo analizaban minuciosamente, pero seguían sin apreciar más que una ligera zozobra. Iversen ignoraba lo que tenía que decir, por lo cual optó por contar la verdad.

—Conduzco un tráiler —susurró.

Billy T. y Hanne se miraron con sendas sonrisas.

—Conduce un tráiler —repitió Hanne muy despacio.

—¿Condujo el tráiler el sábado 29 de mayo? ¿Y el 30 de mayo?

«Al diablo con todo, lo habían pillado. Todo lo demás había sido solo una mera fachada.» A pesar del ataque directo de la mujer policía, siguió rascándose la mano enloquecidamente. Empezaba a dolerle, así que lo dejó.

—Quiero hablar con un abogado —exclamó de repente—. No diré nada más hasta haber hablado con un abogado.

—Pero, bueno, querido Iversen —dijo Billy T., suave como la seda, poniéndose en cuclillas delante de él—. Si no se le acusa de nada en absoluto.

—Pero soy sospechoso de algo —contestó Iversen, que tenía los ojos vidriosos—. Tengo derecho a un abogado.

Hanne se inclinó sobre su mesa y apagó la grabadora.

—Iversen, dejemos muy clara una cosa: lo interrogamos en su condición de testigo, es decir, que no es ni sospechoso ni inculpado. Ergo no tiene derecho a un abogado. Ergo puede irse cuando quiera de esta habitación y abandonar el edificio cuando le plazca. En caso de que, aun así, decida hablar primero con un abogado y luego charlar un poco más con nosotros, está en su derecho.

Cogió el teléfono y lo colocó delante del hombre, agarró el listín telefónico y lo soltó encima de la mesa al lado del aparato.

—Aquí tiene —dijo invitándolo a usarlos. Echó un vistazo a su alrededor para asegurarse de no dejar nada que él no pudiera ver, agarró unas cuantas carpetas y se llevó a Billy T. Se detuvo en la puerta—. Estaremos de vuelta dentro de diez minutos —dijo.

Tardaron algo más. Estaban sentados en la sala de emergencias, con sendos vasos del brebaje matutino elaborado por Hanne. El hielo se había derretido, el azúcar había caído al fondo de la jarra casi vacía y los taninos hacían que la bebida no fuera tan refrescante como unas horas atrás.

—Ahora ya lo rematas tú solita —dijo Billy T.—. La verdad es que no tuve que abrir mucho el pico.

—Bueno, con ese aspecto asustas a cualquiera, y eso basta para hacer cantar al más inocente y que confiese lo que sea —bromeó Hanne, y vació el vaso—. Además, no sé si lo podemos inculpar.

—De lo que no hay duda es de que si está temblando es por alguna razón —dijo Billy T.—. Y, además, estoy muerto de sueño. Y seguro que tú también —añadió, intentando cruzar su mirada con la de ella.

Hanne no contestó, solo levantó el vaso vacío en un brindis vacuo cuando él salió del cuarto. Entonces Erik entró como un remolino.

—La encontré —jadeó—. ¡De hecho, estaba caminando hacia aquí! Me topé con ella en la puerta. ¿Para qué la querías?

No necesitó más de hora y media para montar una rueda de reconocimiento. Fue sorprendente comprobar la cantidad de rubios de espaldas anchas y de poco pelo en el flequillo que pertenecían al cuerpo. Cinco de ellos se encontraban ahora colocados en fila junto a Cato Iversen en la sala de reconocimiento. Al otro lado del cristal separador se hallaba Kristine Håverstad, mordiéndose las uñas.

No había acudido a la jefatura para eso. Se topó con el oficial pecoso en el momento de entrar, tras haberlo meditado mucho tiempo. Estuvo a punto de cambiar de parecer cuando él apareció y, radiante de júbilo, se la llevó consigo. Afortunadamente, no tuvo que abrir la boca.

Hanne parecía mucho más cansada que la semana anterior. Los ojos estaban más apagados, la boca más tirante y los labios cortados. Hacía una semana, Kristine había reparado en su belleza, le parecía muy guapa. Sin embargo, ahora era una mujer normal y sin maquillar, con rasgos bellos. Tampoco mostró el mismo fervor desmesurado, aunque fue en todo momento amigable y atenta.

Los seis hombres entraron en fila india, como un grupo de ocas bien alimentadas. Cuando el primero alcanzó el extremo de la habitación, todos se giraron y fijaron la mirada ciega en el cristal. Kristine era consciente de que no podían verla.

No estaba allí. Todos se parecían un poco, pero ninguno de ellos era el hombre que se había abalanzado sobre ella. Notaba que las lágrimas intentaban brotar. Ojalá fuera uno de ellos, así estaría a salvo de su padre. Ella podría intentar rehacer su vida y no tendría que avisar a la Policía de que su propio padre planeaba matar. La vida se presentaría de una forma tan infinitamente distinta si fuera uno de ellos… Pero no era el caso.

—Tal vez el número dos —salió de sopetón de su boca.

¿Qué estaba haciendo? Para nada era el número dos. Pero si conseguía que la Policía retuviera a uno de ellos, podría ganar tiempo. Tiempo para pensar, para trabajarse a su padre. Solo un par de días, quizás; en cualquier caso, menos daba una piedra.

—¿O el número tres?

Echó una mirada interrogante a Hanne, que seguía como una efigie mirando de frente.

—Sí —decidió finalmente—. El número dos o el tres, pero no estoy muy segura.

Hanne agradeció su colaboración, la acompañó hasta la salida y estaba tan decepcionada que se le olvidó preguntar a Kristine el motivo de su visita. Tampoco tenía mucha importancia. Kristine se colgó el bolso de su hombro enclenque y abandonó la jefatura con la conciencia tranquila por no haber delatado a su padre.

El número dos de la rueda era el apoderado Fredrik Andersen, de la Oficina de Ujieres, y el número tres era el oficial de primera Eirik Langbråtan, un tipo simpático que trabajaba en la Guardia de la Brigada Criminal. Cato Iversen, el número seis de la fila, recibió un apretón de manos, una disculpa no muy sincera y la autorización para marcharse.

Una vez en la calle Grønland y fuera del alcance de cualquiera que estuviese oteando desde la casa grande y arqueada, entró en Lompa y pidió dos pintas de cerveza. Se sentó a una mesa en la esquina más recóndita del local y se encendió un cigarrillo con las manos temblorosas.

La madrugada del 30 de mayo había viajado en el transbordador que navegaba desde Dinamarca hasta Noruega con una carga de alcohol de contrabando escondida en el tráiler. Jamás volvería a hacerlo.

Había malgastado un día entero en la pista falsa; era, cuando menos, desesperante. Pero eso no iba a obsesionarle.

El inspector Hans Olav Kaldbakken entró en el despacho de Hanne para recibir su *briefing* cotidiano. No tenía muy buen aspecto. Se sentó en la silla con movimientos lentos y rígidos y se encendió un pitillo. El vigésimo del día, y todavía no eran ni las tres y media.

—¿Qué, avanzamos algo, Wilhelmsen? —preguntó, ronco—. ¿Tenemos algo más sólido que ese… Cato Iversen? Porque ese no tiene nada que ver, ¿verdad?

—No, no es él —dijo Hanne, masajeándose las sienes.

Había sido un fiasco, y ya desde un principio pendía de un hilo. Iversen estaba casi seguro metido en chanchullos, pero tendrían tiempo más adelante de darle caza. Estaba convencida de que Kristine, en cuanto viera a su agresor, lo reconocería. No acababa de entender el motivo que llevó a la joven a señalar a dos personas que obviamente no le habían hecho nada. Tal vez fuera un fuerte deseo inconsciente de darles algo. Era un hecho llamativo, pero ya tendría tiempo de pensar en ello.

—Nos acercamos al sábado —dijo Kaldbakken, apesadumbrado—. Nos acercamos peligrosamente al sábado.

Hablaba con un dialecto curioso; además se tragaba las palabras antes de acabar de pronunciarlas. Pero Hanne había tenido el mismo jefe durante muchos años, así que entendía sin problemas lo que decía.

—Es cierto, Kaldbakken. Nos acercamos al sábado.

—¿Sabes? —le dijo él, inclinándose hacia ella en un ataque inaudito de confidencialidad—, lo que más odio son las violaciones. Sencillamente, no puedo con eso, y he sido policía durante treinta años. —Se distrajo por un momento pero enseguida recuperó el hilo—. Treinta y tres años, para ser exacto. Empecé en 1960, lo cual no significa que sea un hombre mayor. —Sonrió con el ceño fruncido y tosió con fuerza—. 1960. Qué tiempos aquellos, era estupendo ser policía en aquella época, y nos pagaban bien, más que a los obreros industriales, bastante más. La gente nos respetaba en aquellos años. Gerhardsen era todavía primer ministro y la gente navegaba con el mismo rumbo.

El humo formaba densas capas en la habitación. El hombre liaba sus cigarrillos y escupía tabaco entre murmullos apagados.

—En aquel entonces teníamos dos o tres violaciones al año, menudo revuelo. Pero siempre pillábamos al hijo de puta. La mayoría de los que trabajaban aquí eran hombres. Las violaciones era lo que más odiábamos, todos, y no nos rendíamos hasta cogerlos.

Aquello era nuevo para Hanne. Había trabajado con el inspector Kaldbakken durante siete años y nunca habían hablado de algo que fuera más íntimo que una gastroenteritis. Por alguna razón, le pareció una mala señal.

Kaldbakken respiraba con dificultad y ella oía ruidos de gorgoteo en sus extenuados bronquios.

—Pero, por lo general, ha sido estupendo estar en la Policía —dijo, con la mirada soñadora y perdida en la habitación—.

Cuando te acuestas por la noche, sabes que eres uno de los chicos buenos. Y de las chicas buenas —añadió, con una sonrisa prudente—. Da sentido a la vida, al menos hasta ahora. Después de esta primavera, ya no sé qué pensar.

Hanne lo comprendía muy bien; era cierto, aquel era un año horroroso, para olvidar. En su caso, le iban relativamente bien las cosas. Tenía treinta y cuatro años; apenas era una recién nacida cuando Kaldbakken, muy tieso, con su uniforme tan bien planchado, patrullaba las calles tranquilas de Oslo. A ella le quedaba un buen trecho del camino por recorrer; a Kaldbakken no. Empezó a cavilar sobre la edad de su jefe. Aparentaba tener más de sesenta…, pero no, debía de ser más joven.

—No tengo fuerzas para más, Hanne —farfulló.

Le asustaba que la llamara por su nombre de pila. Hasta la fecha, para él no había sido más que Wilhelmsen.

—Eso son tonterías, Kaldbakken… —intentó replicar, pero se calló cuando él la paró con un movimiento de mano.

—Sé cuando ha llegado la hora de dejarlo. Yo…

Un tremendo y terrible ataque de tos se apoderó de él; duró mucho, de un modo inquietante, mucho. Finalmente, Hanne se levantó con timidez y puso la mano sobre su hombro.

—¿Puedo ayudarlo? ¿Quiere un vaso de agua o algo?

Cuando él se echó hacia atrás en la silla, jadeando en busca de aire, se asustó seriamente. La cara de su jefe era de color gris pálido y estaba empapada de sudor. Se tumbó a un lado jadeando y cayó al suelo como un saco. Al caer, crujió de un modo repulsivo.

Hanne pasó por encima del cuerpo encogido, logró volcarlo de espaldas y pidió auxilio.

A los dos segundos nadie había respondido a su llamada, así que abrió la puerta de una patada y gritó de nuevo.

—¡Que alguien llame a una ambulancia, leches! ¡Llamad a un médico!

Acto seguido, intentó reanimar a su viejo y consumido jefe practicándole el boca a boca. Dos respiraciones y a continuación un masaje cardiaco. Dos respiraciones y otro masaje cardiaco. La caja torácica del hombre crujía; se había roto un par de costillas.

Erik se presentó en la puerta, desconcertado y más rojo que nunca.

—¡Masaje cardiaco! —le ordenó, mientras ella se concentró en la respiración.

El jovencito apretó y apretó, mientras que Hanne soplaba y soplaba. Pero cuando a los nueve minutos los de la ambulancia llegaron, el inspector Hans Olav Kaldbakken había muerto. Solo tenía cincuenta y seis años.

Sentada en una habitación desapacible e inhóspita, en un hotelito de Lillehammer, se encontraba la pequeña mujer iraní, vecina de Kristine, completamente desolada. Estaba sola, lejísimos de su casa y no tenía a nadie a quien pedir consejo. Eligió Lillehammer al azar. Estaba lejos, pero el tren hasta allí no era demasiado caro, además había oído hablar del Maihaugen, el mayor museo de Noruega, que albergaba exposiciones tanto dentro de su recinto como al aire libre.

Debería haber hablado con la Policía. Por otro lado, no se podía fiar de ellos, lo sabía por su propia y penosa experiencia. Sin embargo, la joven policía, con la que apenas había intercambiado unas palabras el pasado lunes, le había inspirado confianza. Pero qué sabía ella, una mujer insignificante de Irán, sobre en quién confiar.

Sacó el Corán y se quedó sentada, hojeando el libro. Leyó diversos fragmentos de aquí y de allá, pero no encontró nada que la reconfortara o la guiara. Al cabo de dos horas, cayó rendida de sueño y despertó al notar que no había probado bocado desde hacía dos días.

Como era de esperar, el jefe estaba de un humor de perros. Ella se disculpó, prometiendo que le iba a entregar pronto la baja médica. Sabe Dios de dónde la iba a sacar, de Urgencias, tal vez. En el centro de asistencia a las víctimas de agresiones sexuales se portaron muy bien con ella cuando acudió el domingo pasado a realizar la prueba más humillante del mundo. Sin embargo, se resistía a volver para pedirles una baja. Ya se encargaría de ese problema más adelante. Su jefe, visiblemente enfadado, soltó algunas frases de descontento sobre la juventud de hoy en día. Ella no tenía ganas de entrar al trapo, nunca antes había estado de baja.

—¡Kristine!

Uno de los fijos del lugar, radiante de alegría, la atrapó al vuelo. Tenía la increíble edad de ochenta y un años. Incomprensiblemente seguía vivo, teniendo en cuenta que había sido soldado en un buque de guerra durante cinco años y alcohólico los siguientes cincuenta. Pero se mantenía a flote como una protesta tozuda ante la falta de reconocimiento que habían padecido él y sus compañeros fallecidos hacía ya mucho tiempo.

—¡Kristine, mi niña!

Al cabo de un cuarto de hora, consiguió liberarse. No eligió la hora de visita de forma casual. Correspondía al cambio de turno; así que logró entrar a hurtadillas, sin que nadie la viera, en el almacén donde se guardaba el botiquín. Estuvo dudando un instante sobre si cerrar la puerta con llave. Pero se dio cuenta de que sería más difícil justificar una puerta cerrada con llave que una puerta abierta. Pese a que no debía permanecer en ese cuarto, siempre podría inventarse cualquier excusa plausible. Encontró las llaves del botiquín. Hacían demasiado ruido, así que oprimió el llavero y aguantó la respiración. Qué tontería, con el follón que provenía del pasillo era poco probable que alguien la oyera, y tampoco iba a tardar mucho.

Las cajas grandes de Nozinan estaban justo delante de sus narices. De repente le entró la duda de si elegir inyectables o comprimidos. Sin pensárselo más, optó por los primeros. No necesitaba jeringuilla, tenía en casa. Cerró el armario con premura y se deslizó hacia la puerta. Mantuvo la respiración durante treinta segundos, metió la medicina en el bolsillo y salió tranquilamente por la puerta. En el pasillo deambulaban solo dos clientes y estaban tan ebrios que apenas sabían qué día era.

A la hora de marcharse, tuvo que volver a apaciguar a su jefe y asegurarle que le iba a llegar una notificación de baja y que «sí, claro, estaré pronto de vuelta al trabajo, dentro de unos días». La dejó ir, no sin soltarle un comentario sarcástico que ella ignoró sutilmente.

Todo había salido bien, el siguiente paso era más complicado.

No tuvo la sensación de haber estado ausente tanto tiempo. Algunos saludaron con un movimiento de cabeza y una sonrisa por encima de los libros; otros la observaron con la mirada vacía antes de sepultarse de nuevo en sus lecturas; finalmente, vio a Terje. Estaba sentado en la sala de descanso junto con otros cinco compañeros, que ella conocía bien. Le dieron un recibimiento más cálido, en especial Terje. Era cuatro años menor que ella; estudiante de primer año. Se había pegado a ella como una lapa desde el inicio del semestre. Había declarado su profundo amor de mil y una formas y no acababa de aceptar de la diferencia de edad o el hecho de que medía ocho centímetros menos que ella. Era todo un caballero y, de algún modo, ella apreciaba cierto placer en su cortejo.

«El ganador tenaz» era su réplica favorita para protegerse de sus rechazos cada vez que ella, un poco irritada, se había hartado y había intentado explicarle que perdía el tiempo.

Se sentó en una silla vacía.

—¡Ostras, no tienes muy buena pinta! —comentó uno de los compañeros de estudios—. ¡Veo que has estado bastante enferma!

—Estoy mejor —dijo, y sonrió.

Los demás no parecían muy convencidos.

—Hasta tengo ganas de celebrar que estoy vivita y coleando. Unas copas por el centro mañana, ¿alguien se apunta?

Todos se apuntaron, sobre todo Terje. De eso se trataba.

Iba a tener lugar el miércoles, el mejor día. El viernes se arriesgaba a cualquier cosa. Al tipo se le podía ocurrir organizar un fin de semana en la campiña o montar una fiesta en casa. Además, la gente se acostaba muy tarde los viernes. Necesitaba tranquilidad; tenía que hacerse el miércoles por la noche. Podía esperar al jueves, pero no se sentía con fuerzas; mejor el miércoles.

Además existía otra razón. Le había dicho a su hija que lo haría el jueves; así le ahorraría la espera. El jueves la despertaría para anunciarle que todo había acabado.

El armario estaba cerrado con llave, conforme al reglamento. Aunque ya no era necesario, ahora que Kristine era adulta y no tocaba sus cosas. Apenas había cruzado el umbral de su puerta desde que estuvo en el instituto.

Tres uniformes de reservista colgaban, impecables, uno al lado del otro. Tres estrellas en las hombreras: era capitán. Incluso el uniforme de campo estaba primorosamente planchado. En el suelo, debajo de los trajes, guardaba dos pares de botas. Olía a betún de zapato y a bolas de naftalina.

Al fondo del ropero, detrás de los uniformes y del calzado, yacía una cajita de acero. Se puso en cuclillas, la sacó, la puso encima de la mesita de noche, se sentó en la cama y abrió la caja. La pistola de servicio era de fabricación austriaca, una Glock, y le sobraba munición de calibre nueve milímetros. No podía tocar la de la reserva, pero guardaba dos cajas de cartuchos del último ejercicio de tiro al blanco. Se podía decir que se trataba de un robo en toda regla, pero los mandos miraban para otro lado. Era muy fácil esconder un par de cajas de munición debajo del asiento del coche.

Desarmó la pistola lentamente por la falta de costumbre, la engrasó y la lubricó y, a continuación, la secó esmeradamente con un trapo y la dejó a su lado encima de la cama, envuelta. Sacó cinco balas de una de las cajas y dejó el resto en la caja de acero, la cerró con llave, la escondió en el fondo del armario que también cerró con llave.

Meditó un instante sobre dónde guardar el arma de fuego mientras tanto. Finalmente, se inclinó por esconderla debajo de la cama, sin más. La mujer de la limpieza no iba a venir hasta el viernes y, para entonces, el arma estaría de vuelta en su sitio.

Se quitó la ropa y entró en el baño situado pared con pared con su dormitorio. Tardó en llenar la bañera, así que se puso el albornoz y fue al salón a prepararse una copa bien cargada; todavía era pronto. Cuando volvió, la espuma llegaba casi hasta el borde de la bañera. El agua rebosó cuando se sumergió poco a poco en el líquido hirviendo.

Hasta el día anterior no había caído en la cuenta de que lo que iba a hacer era algo punible, por decirlo con suavidad. La idea lo alcanzó como un dardo, pero solo durante un breve instante, porque inmediatamente después reprimió dicho pensamiento. No importaba. Sin embargo, en ese momento dejó que el pensamiento de que estaba a punto de convertirse en un delincuente ahondara más profundamente.

Nunca, ni una sola vez, se le había pasado por la cabeza acudir a la Policía con lo que sabía. De hecho, estaba escandalizado al comprobar que no habían actuado como él, es decir, que no se habían dedicado a investigar el caso. Lo cierto es que había resultado alarmantemente sencillo, le llevó solo un par de días recabar lo que necesitaba. ¿A qué se dedicaba la Policía? ¿No hacían nada? Dijeron que habían obtenido huellas y restos de semen y que todo estaba siendo analizado. Pero ¿qué iban a hacer con esas pruebas si carecían de índice analítico para poder llevar a cabo comparaciones? Cuando le hizo la misma pregunta a aquella policía, ella se limitó a alzar los hombros descorazonadamente y no contestó.

Estaba claro que la Policía se pondría manos a la obra si él acudía a hablar con ellos, de eso no tenía ninguna duda. Probablemente, arrestarían al hombre y lo someterían a un montón de pruebas. Luego estarían en disposición de poder probar que fue él y lo encarcelarían, durante un año o un año y medio, y se libraría de una tercera parte de la condena por buena conducta. Aquel tipo tal vez podía volver a estar en la calle después de menos de un año de estar entre rejas. ¡Menos de doce meses por haber destruido a su hija! ¡Por haberla maltratado, humillado y violado!

No podía acudir a la Policía. Ya podían seguir ajetreados y agobiados con lo suyo, lo cual era más que suficiente, a tenor de lo que escribían los periódicos.

Claro que podía intentar buscar alguna salida, buscarse alguna coartada. Pero no creía mucho en esas cosas, además no le interesaba hacerlo.

No estaba preocupado en absoluto de cómo salir indemne del asesinato premeditado del hombre que violó a su hija. Quería asegurarse de acometer su plan en paz. Luego pasaría unas horas con Kristine antes de entregarse a la Policía y contarles lo que había hecho. Nadie lo condenaría por eso. Evidentemente, los tribunales le castigarían, pero nadie lo condenaría de verdad. Él no se juzgaría nunca y tampoco lo harían sus amigos. Y lo cierto es que le importaba un bledo lo que pudieran decir los demás. Matar a aquel tipo era algo justo y necesario.

Y

El hombre cuyo asesinato estaba planeando Finn Håverstad en su bañera había cambiado de opinión. El día anterior estuvo obstinado con la idea, decidido a llevarla a cabo. Ahora quería saltarse un sábado. Qué diantre, habían descubierto el cadáver en aquel jardín abandonado. Estaba seguro de que la casa había estado deshabitada durante varios años. Tal vez por eso se descuidó a la hora de cavar y no reparar en la poca profundidad; además, tuvo demasiada prisa en terminar el trabajo. Al diablo. Qué sensación salir en los periódicos. Quizá fuera eso lo que lo había cegado. Tras reflexionar sobre el asunto, se dio cuenta de que las cosas empezaban a tomar un cariz peligroso.

Por una ironía del destino, sujetaba una copa del mismo whisky que el dentista Håverstad había dejado en el borde de la bañera. Se lo bebió todo de un sorbo y se sirvió otro.

Podía saltarse fácilmente un sábado; no le gustada nada la idea, pero era necesario, sin duda. Rompía su patrón. Lo que más gracia le hacía, lo que había traído de cabeza a la Policía y lo que más le gustaba era lo de la sangre: llamaba mucho la atención. Si no hubiese sido por eso, no habría atraído la atención de nadie. ¡Además, sangre de cerdo! ¡Envolviendo a musulmanes!

Al aparecer el cuerpo, todo se había complicado. Era obvio que a partir de ese momento iban echar mano de más recursos. No contaba con eso. «Vaya mierda, ¿por qué diablos habían encontrado aquel cadáver?».

La mujer estaba hinchada como un globo, completamente redonda. Era desconfiada por naturaleza. Tras cuarenta años como posadera, era mejor que nadie tratara de engañarla. Que no le vinieran con eso de que iban a celebrar los Juegos Olímpicos cuando llegara el invierno.

—Para entonces, ya se habrán largado esos extranjeros —masculló para sí, mientras untaba gruesas rebanadas de pan con medio gramo de mantequilla, estirándolo al máximo.

Cuanto más gruesas cortaba las rebanadas, más se saciaban

los clientes. Así ahorraba en fiambres, quesos y demás alimentos. El pan era más barato que todas esas cosas que lo acompañaban: la aritmética era bien sencilla. En tan solo una cena, podía ahorrar hasta sesenta o setenta coronas, según había calculado con incontenible gozo. A la larga, si se prestaba atención a esos detalles, se ganaba dinero.

—Nos desharemos de esos forasteros para los Juegos Olímpicos, sí, pero con los refugiados es bastante más difícil —seguía diciendo, enfurruñada, sin más espectador que un enorme gato que se había subido a la encimera—. ¡Psss, psss! ¡Baja de ahí!

Un par de pelillos de gato cayeron sobre una de las rebanadas; ella los retiró con sus dedos pequeños y rollizos.

En ese momento tomó una decisión.

Se limpió los dedos en el amplio y sucio delantal, y descolgó el auricular del viejo teléfono negro de disco. Los dedos eran tan gordos que no entraban bien en los agujeros de la esfera, pero consiguió marcar el número de la Policía. Lo tenía pegado con celo junto al aparato, por si acaso.

—¿Hola? ¡Soy la señora Brøttum, del hotel! ¡Quería denunciar a un inmigrante ilegal!

La señora Brøttum fue atendida por una mujer muy paciente que le aseguró que iban a investigar el caso. Tras haber escuchado durante diez minutos todas las quejas y lamentaciones sobre los musulmanes que inundaban el país, en especial en Lillehammer, la policía, visiblemente cansada, consiguió finalizar la conversación.

—Otra vez la señora Brøttum —suspiró, dirigiéndose a un compañero sentado a su lado, en la central de operaciones de la comisaría de Lillehammer. Tiró la anotación a la papelera.

A no demasiada distancia de la comisaría, dos policías de uniforme estaban disfrutando de su pausa para comer, aunque fuera algo tardía. Devoraban tres salchichas vienesas y una ración grande de patatas fritas cada uno. Estaban sentados encima de un banco fijo de hormigón y miraban de reojo a una mujer guapa y atractiva. Vestía ropa pasada de moda y estaba sentada junto a la carretera, que aquel día soportaba un tráfico denso. Comía lo mismo que ellos, aunque menos cantidad y no tan rápido.

—Te apuesto a que esta no es noruega —dijo uno de los agentes, con la boca llena de comida—. ¡Mira la ropa que lleva!

—Tiene el pelo muy claro —contestó el otro, limpiándose la boca con el dorso de la mano—. El pelo es demasiado claro.

—Puede que sea turca —insistió el primero—. O yugoslava. ¡Pueden llegar a ser casi rubias!

—Esa tía no es extranjera.

Ninguno de los dos daba su brazo a torcer.

—¿Apostamos? —retó a su compañero—. Tres vienesas y una de patatas fritas.

El otro se lo pensó un rato, estudiando la diminuta silueta con los ojos entreabiertos. Ella se percató de que la estaban observando, porque se levantó bruscamente y se acercó a paso ligero a la papelera, con los restos de comida.

—Vale.

Aceptó la apuesta. Ambos se levantaron y se encaminaron hacia la mujer, que estaba muerta de miedo.

—Creo que vas a tener razón, Ulf —dijo el escéptico—: nos tiene miedo.

—¡Oiga! —interpeló el vencedor—. ¡Deténgase un instante!

La mujer con la ropa exótica se detuvo de golpe y los miró atemorizada.

—¿No es usted de aquí, verdad?

Se dirigió a ella con cierta amabilidad.

—No, yo no aquí.

—¿De dónde es usted?

—Yo soy de Irán, refugiada.

—No me diga. ¿Lleva usted documentación encima?

—No papeles aquí, pero donde vivo.

—¿Y dónde está eso?

Naturalmente, se había olvidado del nombre, además no habría podido pronunciar Gudbrandsdalen Gjestgiveri aunque hubiera dispuesto de todo el tiempo del mundo. A cambio, señaló con el dedo un lugar indeterminado en dirección a la carretera que subía por una cuesta.

—Allí arriba.

—Allá arriba, sí —repitió uno de los agentes, mirando a su compañero—. Me parece que va a tener que acompañarnos, así podremos verificar todo esto.

No advirtieron que la mujer tenía lágrimas en los ojos y que estaba temblando. En realidad, apenas se fijaron en su actitud.

Cuando la pequeña iraní no apareció a la hora de la cena en la posada Gudbrandsdalen Gjestgiveri, la señora Brøttum llegó a la conclusión de que habían tomado en serio su denuncia. Canturreando, se permitió el lujo de invitar a sus clientes a un trozo extra de pepino en las rodajas con paté. Se sentía inmensamente complacida.

Por su parte, en una celda de la comisaría de Lillehammer, la mujer iraní esperaba a que comprobaran su identidad. Lo peor era que justo la habían traído en pleno cambio de turno. Los dos que habían apostado sobre su nacionalidad tenían prisa por volver a casa con sus mujeres e hijos, así que pidieron a sus relevos que redactaran un informe, cosa que sus compañeros prometieron sobre su fe y su honor.

Sin embargo, como cabía esperar, lo olvidaron. Así que la mujer se quedó allí, sin que nadie supiera dónde estaba.

Miércoles, 9 de junio

*C*aían chuzos de punta, por no decir palos y troncos. Era como si todo lo que la naturaleza había retenido durante dos meses tuviera que salir de golpe. El agua chasqueaba contra la tierra seca, que no estaba en condiciones de absorber tal cantidad de líquido de una vez. Aquello provocó que el agua buscara atajos hacia el mar utilizando las calles como cauces de un río. La calle Åkebergveien se parecía al río Aker en pleno desbordamiento primaveral. El agua corría impetuosamente, y tres agentes de circulación ataviados con impermeables y botas de agua se preguntaban lo que tardaría el agua en llevarse por delante los coches aparcados. Oslo era un auténtico caos.

Incluso los agricultores y granjeros, que durante el largo periodo de sequía, con su habitual pesimismo, habían predicho la peor cosecha de la historia, tal y como hacían cada año, ya fuera porque lloviera demasiado, ya fuera porque no lo hacía lo suficiente, porque había poco sol o demasiado, opinaban que ya estaba bien de tanta agua. La propia cosecha estaba ahora en peligro; aquello se iba pareciendo cada vez más a una catástrofe natural.

Los niños eran los únicos que se lo estaban pasando en grande. Tras tantos días de calor, ni siquiera un diluvio inesperado podía cambiar el hecho de que las temperaturas estivales habían llegado para quedarse durante un buen tiempo. El termómetro seguía marcando dieciocho grados. Los críos chillaban de alegría y salían corriendo bajo la lluvia en bañador, bajo las airadas e infructuosas protestas de sus madres. Era el aguacero más caluroso, más violento y más divertido que nadie podía recordar.

«Son los ángeles, que lloran por Kaldbakken», pensó Hanne, mirando por la ventana.

Era como estar sentado en un coche en el interior de un túnel de lavado. La lluvia azotaba la ventana con tanta fuerza que el contorno de las cosas en el exterior se fue borrando, hasta convertirse en una niebla clara y gris. Apoyó la frente contra el frío cristal y el vaho formó una rosa en el vidrio a la altura de la boca.

La megafonía ordenó a todos que se reunieran en la sala de juntas. Ella miró el reloj, a las ocho comenzaba el acto solemne en memoria del fallecido. Odiaba esas cosas, pero acudió.

El jefe de sección tenía un aspecto más tétrico de lo habitual, lo que, por otro lado, era comprensible. Se había puesto un traje para la ocasión y las perneras estaban mojadas. Aquello le daba el tono triste idóneo para la ocasión. El vapor se hacía notar en la sala, que carecía de ventilación. Nadie estaba seco, todo el mundo tenía calor y la mayoría de la gente se sentía realmente apenada.

No se podía decir de Kaldbakken que fuera un hombre popular, era demasiado introvertido y callado para eso. Malhumorado, dirían algunos. Pero había sido recto y ecuánime en todos estos años. Era más de lo que se podía decir de muchos de los dirigentes que trabajaban en la casa. Así que cuando algunos secaron sus lágrimas durante el discurso conmemorativo del jefe de sección, no fue solo por apariencia.

Hanne no lloró, pero estaba afligida. Habían trabajado bien juntos. Tenían una visión bien distinta sobre casi todo lo que se movía fuera del ámbito laboral, pero, por lo general, se ponían rápidamente de acuerdo en el trabajo. Además, sabían a qué atenerse: más vale lo malo conocido que lo bueno por conocer. No tenía la menor idea de quién iba a ocupar el puesto de inspector. En el peor de los casos, vendría alguien de otra sección, pero tardarían todavía varios días hasta encontrar un interino. Primero debían enterrarlo; luego ya habría tiempo de que su sustituto entrara a ocupar aquel despacho impregnado de tabaco.

El jefe de sección había concluido. Un silencio aplastante se abatió sobre la audiencia. Algunas sillas chirriaban, pero nadie se levantó. No sabían muy bien si habían llegado al final de la ceremonia o si aquel silencio respondía solo a una pausa.

—Bien, *the show must go on* —dijo el jefe de sección, salvándolos a todos.

La sala se vació en menos de un minuto.

Hanne se había propuesto encontrar a la mujer iraní de la primera planta. Había desaparecido sin dejar el menor rastro, lo cual era preocupante. En el fondo, temía que la mujer yaciera ya unos metros bajo tierra con el cuello seccionado. El tipejo de los sábados podía haber cambiado sus hábitos. En cualquier caso, tenían que localizarla. Se sentía molesta consigo misma por no haberle prestado la atención requerida cuando la vio por primera vez. No le había parecido tan importante en aquel momento, y tenía tanto trabajo encima…

Por otro lado, ya sabían que la mujer del jardín, la que había encontrado aquel niño, había sido violada. Hanne trató de repasar los resultados de los análisis del laboratorio forense. Aún no habían realizado el de ADN (tardaban una eternidad), pero había quedado demostrada la presencia de semen tanto en el recto como en la vagina.

Sin embargo, fuera como fuera, lo primero de todo era encontrar a aquella mujer. Le pidió a Erik que se encargara de las formalidades para elaborar un aviso de búsqueda.

—Para todo el sur de Noruega —ordenó—. No, que sea para todo el país.

Quería dedicar unas cuantas horas a ese asunto. Habían decidido retomar y profundizar en los interrogatorios a todos los vecinos. Por la cuenta que les traía. Cuatro agentes iban a consagrar todo el día a ese caso, y ella misma tenía una montaña de papeles esperándola en el despacho.

Al otro lado de la ventana, la foto de aquel día seguía siendo gris y mojada.

Kristine ignoraba si iba a ser capaz de quitarle la vida a alguien que durmiera. Aunque lo esperaba con cierta expectación, como un acto de redención, habría preferido contar con un arma más eficiente que un cuchillo. Un arma de fuego habría sido lo más indicado. Así podría jugar con él, dominarlo, ponerlo en la misma situación que ella había sufrido. Sería lo mejor, lo más justo. Aquel tipo podría encomendarse a Dios para no morir, y ella se tomaría todo el tiempo del mundo. Quizá lo obligara a desnudarse, a quedarse de pie, completamente indefenso y desnudo, mientras que ella estaría vestida y armada.

Sabía que su padre guardaba un arma en el dormitorio, pero no entendía nada de armas de fuego. Lo que sí sabía era el punto exacto donde debía clavar un cuchillo para que resultara mortal. Pero necesitaba tiempo, debía estar dormido por completo. Las personas suelen dormir profundamente entre las tres y las cuatro de la mañana. Entonces es cuando debía actuar.

Lo mataría cuando estuviera dormido, aunque esa no había sido su primera opción.

La mujer iraní llevaba catorce horas de prisión preventiva en Lillehammer. Había comido, como todos los demás encarcelados. No recibió nada más. No realizó ninguna llamada, ni siquiera hablaba. Así era como debían de ser las cosas.

No pegó ojo en toda la noche. Se oían ruidos y había demasiada luz; además, estaba aterrorizada. Era la tercera vez que visitaba una celda; aquella estaba bastante más limpia que las dos anteriores, en las que ni siquiera le habían dado de comer, pero la incertidumbre y la ansiedad eran idénticas.

Se acurrucó en una esquina del calabozo, encogió las piernas hasta poner las rodillas debajo de la barbilla y permaneció en silencio total durante varias horas.

—Ha desaparecido sin dejar ni rastro, nadie sabe nada de ella. Por lo visto, no ha estado en su casa desde el lunes. Suele ser discreta y silenciosa, así que los vecinos no lo pueden aseverar. Al parecer nunca se oyen ruidos provenientes de ese piso.

Ver a Erik era como observar a un zorro rojo ahogado. Se había formado a su alrededor un pequeño charco que iba creciendo por momentos. Se inclinó hacia delante y sacudió la cabeza con violencia.

—¡Oye, no hace falta que me empapes! —protestó Hanne.

—Tendrías que ver la que está cayendo —dijo él, extasiado—. ¡Es impresionante! ¡Está diluviando, cayendo a raudales, y en algunos sitios el agua llega hasta aquí! —Se golpeó la rodilla con la mano abierta y su rostro se iluminó—. ¡Es prácticamente imposible moverse en coche! ¡El motor se ahoga!

No era necesario que se lo contara. Tenía la impresión de que el agua iba a alcanzar su ventana, en la tercera planta. Hacía más de una hora que los agentes de circulación en Åkebergveien habían tenido que rendirse; la calle estaba cortada. De hecho, el personal de la jefatura ya no soltaba chistes graciosos y exaltados acerca de la tromba de agua y del prodigioso caudal de agua que caía; habían empezado a preocuparse de verdad. El caos circulatorio ya no era tan solo irritante. Una ambulancia intentó pasar por encima de una charca en plena calle de Thorvald Meyer, y allí se quedó tirada con una avería insalvable al ahogársele el motor. Estaban tan cerca de Urgencias que no pasó nada grave; solo que la paciente se caló hasta los huesos cuando los enfermeros tuvieron que llevarla en camilla, vadeando los doscientos metros hasta conseguir ayuda médica para la anciana, que se había fracturado la cadera. Pero podían suceder cosas peores. No se temían especialmente los incendios, pero asustaba pensar que las infraestructuras de la ciudad estaban al borde del colapso. La red telefónica se colapsó en dos distritos al inundarse una centralita de teléfonos. Un generador estaba a punto de fallar en el hospital de Ullevål.

—¿Qué dicen los meteorólogos de todo esto?

—No lo sé —contestó Erik, asomándose a la ventana para contemplar el espectáculo del exterior—. Pero te puedo decir que no tiene pinta de parar hasta dentro de un buen rato.

El jefe de sección entró justo cuando Erik salía. Había colgado la chaqueta, pero se le veía que no estaba del todo cómodo con su pantalón de vestir, comprado sin duda con algunos kilos menos. Sujetó los tirantes antes de sentarse.

—No lo conseguiremos antes del sábado, ¿verdad?

Lo dijo más por constatar un hecho que por formular una pregunta. Así pues, ella no se molestó en contestar.

—¿Qué hacemos ahora? —preguntó, esta vez para conseguir una respuesta.

—He mandado a cuatro hombres al edificio donde vive Kristine Håverstad. Van a interrogar de nuevo a todos los vecinos, más a fondo.

Se quedó observando con cierto fastidio la mancha húmeda dejada por Erik.

—Ha sido una metedura de pata penosa. Tenía que haber sido más rigurosa la primera vez.

Llevaba razón. Pero el jefe de sección era perfectamente consciente de por qué no lo había sido. Se rascó la mejilla y moqueó.

—¡Cojones! Con estos cambios bruscos de temperatura vamos a acabar todos con catarro. Justo lo que necesitábamos ahora. Una epidemia de gripe.

Suspiró contrariado y se sonó de nuevo la nariz. Hanne seguía reprochándose cómo había actuado la semana anterior, cuando todavía disponían de tiempo, tal vez el suficiente como para evitar el baño de sangre del último sábado.

—Por favor, Hanne —dijo amistosamente y empujó su silla más cerca de ella—. Fue una violación, una espantosa violación, pero, desgraciadamente, un acto bastante frecuente. ¿Qué ibas a hacer, con todo lo que tenemos encima? En caso de que estés en lo cierto y de que tu teoría de que el mismo hombre está detrás de las masacres de los sábados y de esta violación (y creo que lo estás), bueno, entonces ya sabemos algo. Lo desconocíamos hace una semana.

Se detuvo, aspiró en pequeñas y sonoras sacudidas y estornudó con fuerza.

—¿Sabes cuánta gente más necesitaríamos en el grupo si tuviéramos que investigar cada una de las agresiones sexuales de un modo coherente y competente?

Hanne negó con la cabeza.

—Yo tampoco.

Volvió a moquear.

—Pero así es la vida, carecemos de personal suficiente. La violación es un delito complicado y no podemos invertir demasiado tiempo en ello, lamentablemente.

Su queja era sentida y sincera, como bien sabía Hanne. Debían ser flexibles y pragmáticos. Las violaciones eran difíciles de probar. La Policía tiene que demostrar hechos, así son las cosas.

—¿Hacéis algo más, además de hablar con los vecinos?

—Bueno, me estoy apoyando en la medicina forense. No es que sea de gran ayuda, sea lo que sea lo que puedan encontrar. Pero estaría bien tener listas las pruebas en el caso de que encontremos al autor, aunque demos con uno por casualidad. —Una sonrisa agotada acompañó la última frase—. Además seguimos buscando a la mujer iraní. No me gusta nada ese jueguecillo del escondite. No encuentro ningún motivo que justifique su desaparición. O tiene miedo por algo, y me gustaría saber por qué, o teme a alguien. También es posible que se haya unido a sus compatriotas y yazga ahora en el fango, quién sabe dónde.

El jefe de sección golpeó la mesa.

—Bueno, si es que sigue en el país y no está muerta... —para mayor seguridad, volvió a golpear el escritorio de madera— y aparece, tarde o temprano.

—Pues esperemos que sea temprano —dijo Hanne—. Por cierto, ¿sabes algo de este tiempo loco? ¡Empieza a tener tintes siniestros!

—Por lo visto, están hablando de que empezará a despejar al anochecer. Pero dicen en el instituto de meteorología que seguirá lloviendo en abundancia. Solo Dios sabe.

Se levantó muy anquilosado.

—Mantenme informado, andaré por aquí esta tarde.

—*Me too* —respondió Hanne.

—Por cierto... —dijo, y se giró de repente al lado de la puerta—, el entierro es el lunes. ¿Irás?

—Sí. Si la Tierra sigue girando el lunes, iré.

Como era de esperar, el mal tiempo aplacó un poco su buen humor. Habían planeado empezar a beber en Aker Brygge para continuar después por el recorrido habitual. Pero lo cierto era que era inevitable. Había motivos razonables para pensar que el muelle de Aker ya no existía.

—El tiempo está enloquecido, qué pasada —dijo Terje sobreexcitado—. ¡Bañémonos!

La propuesta no mereció siquiera comentario alguno. No obstante, aunque la lluvia había puesto freno a los planes iniciales, no iba un grupo de estudiantes en su apogeo a dejar pasar la ocasión de pegarse una buena juerga.

—Tengo una idea —dijo Kristine, que, a los ojos de sus compañeros, seguía teniendo un aspecto pachucho tras su fuerte gripe—. Tengo un montón de bebidas en casa, actualmente vivo con mi padre. —Sus pensamientos se agolpaban a toda velocidad—. Estuve muy mal, así que era mejor quedarse allí. ¿Qué tal si nos vamos a tu casa, Catherine, yo me paso por la de mi padre y asalto la bodega de vino y el congelador de comida y luego acabamos la fiesta en mi casa? Seguro que a mi padre le parecerá bien.

Era una idea espléndida. Dos horas de lectura intensa en la biblioteca y, a continuación, se citaban en casa de Catherine.

Eran las siete y el temporal había amainado un poco. La ventana del despacho de Hanne ya no era una superficie gris sin contornos. Ahora podía vislumbrar el tejado del aparcamiento donde guardaban los coches oficiales y el tejadillo del concesionario de coches de segunda mano, al otro lado de la calle. La lluvia solo deformaba un poco la imagen, aunque el buen tiempo aún quedaba lejos.

Los oficiales de la Policía entraron uno detrás del otro, empapados en agua, tras la ronda de preguntas con los vecinos. El último en entrar fue el de prácticas, a quien le parecía todo muy excitante. Se sentaron en sendos despachos a redactar sus informes.

—Que no se vaya nadie hasta que todos hayan acabado —decretó, para acallar los murmullos acerca de las horas extras impagadas.

—Jodida arribista —se atrevió a murmurar uno de ellos cuando estuvo fuera del alcance de la voz—. ¿Va a ser la nueva inspectora, o qué?

Escribieron y escribieron. Dos de los agentes habían entregado sus escritos y sus sonrisas esperanzadoras, pero fueron rechazados de inmediato y enviados de vuelta a sus mesas. Al final, un total de veinticuatro folios reposaban sobre el escritorio de Hanne. Entonces los agentes fueron liberados, y salieron corriendo como colegiales el último día antes de las vacaciones de verano.

Seguían sin dar con el paradero de la mujer iraní, lo cual empezaba a preocuparla seriamente. Pero el reloj marcaba ya más de las nueve y estaba muerta de fatiga. «Debería leer estos informes con lupa antes de marcharme, puede que hallara algo.»

—Lo dudo —se dijo a sí misma, tras un momento de reflexión.

Pero se llevó los informes, por si acaso, para leerlos en casa. Antes de marchar, se aseguró de que la central de operaciones la llamaría en cuanto supieran algo acerca de la iraní. O, mejor dicho: en caso de que supieran algo de ella.

Resulta que el tiempo fue el puntazo que necesitó la fiesta. La lluvia descargaba su ira contra la ventana como en una noche de otoño; dentro, hacía calor, estaba seco y tenían bebidas para dar y tomar. Dos de los chicos intentaban freír solomillos congelados.

—Quiero el mío casi crudo —voceó Torill, desde el salón.

—Crudo —murmuró el chico de la sartén—. Que se dé por contenta si se queda más blando que una piedra.

Su padre no mostró ni alegría ni preocupación cuando Kristine llegó a casa e, inesperadamente, le hizo saber que se iba de juerga. No tenía un aspecto muy de fiesta. Pero había dado su consentimiento para que se llevara una de las cajas de vino. Apenas cruzaron las miradas. Cuando salió por la puerta y el joven que la acompañaba acabó de saludar y corrió detrás de ella, sintió cierto alivio por no tenerla en casa. Con un poco de suerte, estaría fuera toda la noche, a tenor de la cantidad de tinto que se llevaban con ellos.

Él tenía otras cosas que hacer; otras cosas en las que pensar.

Kristine escupía en la copa. Era extremadamente complicado, pues Terje la vigilaba como un halcón. En cuanto tomaba un par de tragos, allí estaba él para llenarle la copa. Al cabo de un rato, se cambió de sitio y se situó al lado de una majestuosa palmera de yuca. Como era de esperar, Terje siguió sus pasos. No importaba nada, al contrario.

La fiesta se desarrolló tal y como lo suelen hacer las juergas estudiantiles. Bebieron y berrearon, y comieron solomillos tostados por fuera y congelados por dentro. Comieron patatas al horno y elaboraron grogs de vino tinto, bien entrada la noche. Temblaban de solo pensar en los exámenes y esperaban con ilusión el verano. Elaboraron planes a corto plazo para realizar un viaje en el Interraíl, y planes a largo plazo sobre doctorados y cirugía cerebral.

Cuando el reloj de la iglesia, apenas visible al otro lado de la calle, repicó doce campanadas, estaban todos muy bebidos. Salvo Kristine. Había logrado la difícil hazaña de ingerir menos de una copa de vino en toda la noche. En cambio, las hojas de la yuca empezaban a marchitarse.

Habían pasado exactamente dieciséis horas desde que la mujer iraní había sido detenida por los dos agentes de Lillehammer, tras una apuesta, y todavía nadie había hablado con ella. No había protestado lo más mínimo por el trato recibido y seguía presa del pánico y del sueño, sentada en el fondo de la celda, con las rodillas encogidas bajo la barbilla. La comida permanecía intacta sobre una bandeja al otro lado de la celda. Estaba convencida de que iba a morir, así que cerró los ojos y dio las gracias a Alá por cada minuto que pasaba sin que nadie viniera a buscarla.

Esa noche, el jefe de guardia era un hombre originario de Gausdal. Tenía treinta y dos años, con un futuro prometedor, tanto en la Policía como en la Fiscalía del Estado. Estudiaba Derecho en su tiempo libre y conseguía mantener cierta progresión en los estudios a pesar de trabajar a tiempo completo y tener una mujer, dos hijos y un chalé en construcción. Un hombre como él no se dormía en el trabajo, aunque la idea era tentadora. Bostezó. Aquel tiempo desquiciado les había dado una cantidad de tareas extra que, en realidad, no eran de su competencia. Pero cuando todos los demás fallan, la población llama a la Policía. Había dirigido sus tropas en multitudes de faenas, desde sótanos inundados hasta rescates para sacar a gente que se quedaba atrapada en sus coches con agua hasta las cerraduras de las puertas. La lluvia había aflojado mucho durante las últimas horas y la ciudad podía por fin encontrar paz y tranquilidad. Pero él no se iba a dormir.

El uniforme empezaba a quedarle un poco estrecho. Su mujer lo llamaba «la prueba de bienestar», y seguro que acertaba. Vivía condenadamente bien. Un trabajo que le gustaba, una familia estupenda, solvencia económica y suegros encantadores. Un chico de Gausdal no podía pedir más. Sonrió y se fue a echar un vistazo a los calabozos.

—¿Otra vez por aquí, Reidar? —dijo, saludando a un viejo conocido desdentado y con un índice de alcoholemia muy por encima de lo tolerable para una persona normal.

El preso se levantó inestable y se tambaleó, alegre de volver a verlo.

—¡Anda! ¿Eres tú, Frogner? ¿De verdad, eres tú? —dijo, y se desplomó.

Frogner se rio.

—Creo que deberías acostarte, Reidar. Estarás mejor mañana, ¡ya verás!

Conocía a casi todo el mundo, pero no todos se dejaban despertar. Tuvo que entrar en algunas de las celdas, sacudirlos y obligarlos a abrir un ojo para comprobar que seguían con vida. Y lo hacían. Cuando llegó a la celda situada al fondo, se quedó atónito.

Vio a una mujer hecha un ovillo, sentada en la esquina más apartada de la celda. No dormía, de eso estaba seguro, aunque tenía los ojos cerrados con fuerza. Desde los barrotes de la puerta pudo distinguir que sus párpados temblaban.

Quitó el cerrojo con cuidado y abrió la pesada puerta metálica. Ella apenas reaccionó, solo cerró los ojos con más fuerza si cabe.

Knut Frogner se había criado en una granja y había visto animales pasar miedo. Además tenía dos hijos y un sano sentido común de campesino. Se quedó quieto en la puerta.

—Hola —dijo en voz baja.

Ninguna reacción.

Se puso en cuclillas para no parecer tan grande.

—No pasa nada.

Con mucho recelo, la mujer abrió los ojos. Eran de color azul oscuro.

—¿Quién eres?

A lo mejor no hablaba noruego, había algo «de fuera» en esa mujer, un aire foráneo a pesar de los ojos.

—*Who are you?* —reiteró, con su inglés de colegio de Gausdal.

No iba a ser fácil. La mujer no contestaba a nada y había vuelto a cerrar los ojos. Se fue acercando a ella con pasos cortos y lentos; de nuevo se puso en cuclillas. Puso una mano sobre su rodilla y ella se estremeció, pero, al menos, abrió los ojos.

—¿Quién eres? —volvió a preguntarle.

No había visto ningún informe sobre el arresto de una persona extranjera en el montón que acababa de repasar. De hecho, no existía ningún informe acerca de la detención de mujer alguna. Una sensación aguda de incomodidad empezó a invadirlo. ¿Cuánto tiempo llevaba esa mujer allí dentro?

Estaba claro que sería imposible hablar con ella dentro de la celda. Con cuidado pero con firmeza, la levantó hasta dejarla de pie. A todas luces, llevaba sentada en la misma posición bastante tiempo, porque el dolor se reflejó en su rostro cuando, con movimientos rígidos, se dejó poner en pie. No olía a alcohol, por tanto, no se trataba de un arresto por embriaguez. Por la vestimenta tenía aspecto de venir de muy lejos.

La sujetó de la mano y salieron lentamente de la zona de calabozos. Al llegar a la salita de guardia del Grupo de Seguridad Ciudadana, echó a los tres agentes adormecidos y apagó el vídeo que estaban viendo. Acto seguido sentó a la mujer en el incómodo sofá.

—Tengo que saber cómo te llamas —dijo, intentando ser lo más agradable posible, a pesar de llevar un uniforme como el suyo.

Ella murmuró un nombre. Su voz era débil y él no tenía la menor posibilidad de entender lo que decía.

—¿Cómo? —dijo, ladeando la cabeza y poniendo la mano detrás de la oreja. Eso debía de resultar lo suficientemente internacional.

Ella repitió el nombre, esta vez con más nitidez. De poco sirvió, no entendió nada. Miró con ansiedad a su alrededor en busca de algo sobre lo cual escribir. Un trozo de papel de envolver el bocata asomaba en un extremo de la mesa, con restos de pan con queso. Tiró del papel y no vio que el pedazo de pan cayó al suelo. Se tocó el bolsillo del pecho y encontró un bolígrafo. Se lo tendió a la mujer. Lenta y vacilante, ella agarró el bolígrafo y escribió sobre el papel de cocina su nombre, o al menos algo que se asemejaba a un nombre.

—¿Hablas algo de noruego?

Se atrevió a asentir con la cabeza.

—¿Cuánto tiempo llevas aquí dentro?

—No sé.

Eran las primeras palabras que pronunciaba en las últimas treinta y seis horas. El policía profirió juramentos por lo bajo y, a continuación, se dispuso a remover cielos y tierra para averiguar quién era esa mujer.

Finn no tenía prisa.

Al principio, pensó que el temporal era un obstáculo inesperado, pero ahora se había convertido en una bendición. Todo el mundo se quedaba en casa, también el violador. Llegó sobre las once y vio luz y movimientos en el adosado de Bærum. Al detectarlo, sintió una mezcla de intenso alivio y de angustia confusa. Había albergado, en el fondo de su alma, la esperanza de que el hombre estuviera fuera, de viaje o que tuviera visita, invitados que iban a pernoctar. Así habría tenido que posponer aquello. Al menos durante un tiempo.

Pero por encima de todo estaba la sensación de alivio.

Seguía lloviendo sin descanso, aunque ya no diluviaba, como antes. Era tentador quedarse sentado en el coche, pero temía ser descubierto. Además, los últimos días le habían enseñado que era todo menos una buena idea dejar su propio coche cerca del lugar de los hechos. Seguía con la idea de no intentar librarse de las consecuencias de su delito, pero necesitaba tiempo. Tiempo para serenarse, algunas horas, un día o dos. A lo mejor hasta una semana. Era pronto para saberlo, pero quería tener la posibilidad de poder elegir.

Por eso le bastó con esperar unos minutos con el motor encendido, lo suficiente para asegurarse de que el violador estaba en casa. Luego llevó el coche al final de la calle, tras pasar por encima de dos badenes y doblar la esquina. Una edificación en terrazas de cuatro plantas y de más de cien metros de largo ocupaba el lado izquierdo de la calle. En una explanada de estacionamiento estaban aparcados los coches de las mujeres, los que no cabían en el aparcamiento subterráneo. Dejó el BMW allí, entre un viejo Honda y un flamante Opel Corsa al que parecía gustarle un poco de compañía.

La Glock estaba en su sitio. La metió en el bolsillo del pantalón, más bien porque no tenía otro sitio donde guardarla que porque fuera oportuno hacerlo. Era molesto, pero al menos estaba seco.

Volvió andando los doscientos metros. Se detuvo al principio de la calle que conducía hasta la casa del delincuente y pasaba por delante de ella. Más arriba de los adosados, vio algo que parecía un parque, con algunos juegos para niños y bancos. No era visible desde la acera de las casas, ya que la urbanización constaba de diez adosados colindantes y no dejaba ver lo que había detrás. Desde la pared de los adosados y cruzando el parque, podía haber unos veinte o treinta metros hasta la falda de un cerro que se levantaba abruptamente. En su cima divisó una granja que, por la altura y la oscuridad, adquiría un aspecto lúgubre, probablemente también en los días de buen tiempo. Durante un instante, meditó si modificar los planes e intentar entrar desde ese lado. Estaba mucho más protegido, tanto con relación a la carretera como a las viviendas situadas al otro lado de la carretera. Por otro lado, y desde la carretera, un desconocido llamaría, sin duda, menos la atención, o nada.

Iba a atenerse al plan original. Desplegó la capucha del chubasquero e intentó caminar lo más naturalmente posible hasta la casa número cinco de la fila. Una vez allí, se detuvo un momento. Eran ahora las doce y media y no había nadie a la vista. Casi todas las luces detrás de las ventanas estaban apagadas. Se escondió detrás de unos matorrales donde confluían tres setos, a tan solo ocho metros de la casa del violador.

Allí se quedó, sentado y a la espera.

No hizo falta convencer al bueno de Terje. Lo habría propuesto él mismo si ella no se le hubiera adelantado. Maravillado y borracho como una cuba, entró a trompicones en el taxi que Kristine, tras cuarenta minutos de insoportable espera colgada del teléfono, había conseguido. Se iba con ella a su casa, en plena noche, lo que solo podía significar una cosa, y la expectación lo mantuvo despierto casi todo el camino, pero solo casi. Cuando el coche entró en el patio de la casa de la niñez de Kristine, en Volvat, le costó Dios y ayuda despertarlo. Al final, el taxista tuvo que arrimar el hombro para ponerlo en pie y tirar de él hasta el vestíbulo de la casa. El conductor estuvo de un humor de perros por tener que salir del coche con la que estaba cayendo y sobre todo porque el patio era un gigantesco barrizal. Profirió juramentos entre dientes y volcó al chaval en el suelo de la entrada.

—Dudo que esta noche saques algo de este tío, en el estado en el que se encuentra —dijo cortante, aunque volvió a sonreír cuando Kristine le dio cincuenta coronas más de lo que marcaba el taxímetro—. Bueno, pues que tengas suerte —murmuró, dibujando una sonrisa forzada.

No fue su intención emborracharlo de esa forma. Tardó casi cinco minutos en arrastrarlo los ocho metros hasta el dormitorio; la dificultad era aún mayor porque tenía que evitar despertar a su padre.

La cama era estrecha, pero no era la primera vez que la compartía con un chico. Terje libraba su propia lucha encarnizada para despertar a lo que podía ser el momento más importante de su vida. Pero cuando Kristine acabó de quitarle la ropa y lo acostó cómodamente en la confortable cama, se esfumaron todas sus esperanzas. Estaba roncando. No pareció afectarle en absoluto cuando ella lo destapó y lo puso boca abajo, de modo que su elegante y velludo trasero quedara bien a la vista para recibir un pinchazo. La jeringuilla estaba preparada de antemano y esperaba debajo de la cama. Puesto que estaba más pedo de lo previsto, apretó el émbolo y vació lentamente algunos milímetros. Noventa eran suficientes. Noventa milímetros de Nozinan. En la Cruz Azul administraban hasta trescientos milímetros para brindar a los borrachos más irascibles unas merecidas horas de sueño cuando llevaban largos periodos de borrachera y rozaban la inconsciencia. Pero Terje estaba lejos de ser un alcohólico, aunque debía de tener en ese momento un buen nivel de etanol en las venas. Estaba tan ido que estuvo dudando si realmente era necesario que durmiera toda la noche. La duda se evaporó al instante. Decidida, le clavó la jeringa en el muslo izquierdo sin que reaccionara lo más mínimo. Inyectó el líquido en el músculo de forma gradual. Cuando el émbolo tocó el fondo del tubo, sacó la aguja con mucho cuidado y presionó con una torunda de algodón el punto del pinchazo durante un buen rato. Luego fue soltando poco a poco. Fue todo un éxito. «Cuando Terje se despierte mañana conmigo a su lado, tendrá una resaca insoportable. No me llevará la contraria cuando le dé las gracias por haber pasado una noche deliciosa.» Un chaval en su mejor edad y con una experiencia más limitada de lo que jamás se atrevería a reconocer, se sorprendería un poco al principio, le daría algunas vueltas en su cabeza y se fabricaría su propia película «ego-estimulante» de lo maravillosa que fue esa noche.

Kristine ya tenía preparada su coartada. La ropa exterior estaba mojada y tiritó al ponérsela de nuevo. Su coche estaba aparcado en la esquina inferior del patio, empapado y humillado, lo suficientemente apartado de la casa como para no despertar a nadie. Casi como revancha por no haberlo dejado en el garaje el día anterior, se negó a arrancar.

¡Demonios! No se ponía en marcha.

Hanne intentaba conciliar el sueño, pero era difícil. Aunque el temporal había remitido, la lluvia fustigaba los cristales del dormitorio y la chimenea aullaba cada vez que pasaba una ráfaga de viento. Además, tenía demasiadas cosas en que pensar.

La situación era desesperada, estaba tan cansada que le era imposible concentrarse. Los informes quedaron encima de la mesa del salón a medio leer, a la vez que era inútil intentar dormir. Cambiaba de postura cada dos minutos con la esperanza de encontrar una posición adecuada que le permitiera relajar los músculos y dejar de darle vueltas a la cabeza. Cecilie se quejaba cada vez que se retorcía.

Finalmente, desistió. En cualquier caso, era mejor que al menos una de ellas lograra dormir. Con cuidado y sin hacer ruido, se levantó de la cama, agarró el albornoz rosa que colgaba de un gancho junto a la puerta y se fue al salón. Se dejó caer en una silla y comenzó a leer los informes desde el principio.

Los tres oficiales fueron bastante escuetos en su redacción, usando un lenguaje pretendidamente preciso y conciso que, con frecuencia, resultaba lo contrario, cosa que la irritaba. Sin embargo, el de prácticas tenía al parecer mayor ambición literaria. Se regodeaba con metáforas y extensas frases y ofrecía todo un abanico de detalles y explicaciones. Hanne sonreía. Estaba claro que el chico sabía escribir; además, las faltas de ortografía brillaban por su ausencia. Pero el estilo no es que fuera muy «policial».

¡Vaya! Este chaval tenía talento. Había descubierto que la familia que vivía encima del piso de la agraviada tenía un convecino en el edificio de enfrente. Uno que se quedaba sentado y quieto al lado de la ventana, como si durmiera. El aspirante, decepcionado porque nadie había sido capaz de aportar algo de valor a la Policía, había decidido cruzar la calle. Allí había visitado a un tipo bastante raro que tenía por costumbre seguir y enterarse de todo lo que acaecía en ese trocito de calle. El hombre, de edad indeterminada, se había portado de un modo hostil, aunque mostrando, a su vez, cierto orgullo por la cantidad de archivos que almacenaba de unas cosas y otras. Además, pudo añadir que un tal Håverstad le había hecho una visita hacía muy poco.

Hanne estaba ahora más despierta. Movió la cabeza en círculo varias veces, con la esperanza de llevar más sangre al cerebro extenuado de sueño y decidió prepararse un café. Ya se podía olvidar esta noche de dormir o de descansar. Acabó de leer el informe y, después de eso, no necesitó ningún café, estaba totalmente espabilada.

Sonó el teléfono, el de Hanne. Dio tres brincos hasta la entrada para llegar a tiempo antes de despertar a Cecilie.

—Wilhelmsen —dijo en voz baja, intentando tirar del cable hasta la salita, lo que provocó que el aparato se estampara contra el suelo—. Hola —intentó de nuevo, casi susurrando.

—Soy Villarsen, de la Central de Operaciones. Acabamos de recibir un aviso de Lillehammer. Han encontrado a la mujer iraní que buscábamos.

—Traedla aquí —dijo ella sin más preámbulos—. Inmediatamente.

—Tienen un traslado para Oslo mañana por la mañana, vendrá en él.

—No. Tiene que venir ahora, sin perder tiempo —insistió—. Requise lo que sea, un helicóptero si es necesario. Cualquier cosa. Estaré en la jefatura dentro de diez minutos.

—¿Dice en serio lo del helicóptero?

—Nunca en mi vida he dicho algo tan en serio. Hable con el fiscal adjunto de mi parte, dígale que es vital hacerlo y ya; de paso, hable también con el jefe de sección. Tengo que hablar con esa mujer.

Por una vez, hubo algo que salió sobre ruedas en la gran casa gris y decaída de la calle Grønland 44. Solo veinte minutos después de finalizar la conversación entre la central de operaciones y la subinspectora Hanne Wilhelmsen, la mujer iraní volaba en un helicóptero desde Lillehammer hasta Oslo. A Hanne le preocupó que el mal tiempo pudiera ser un impedimento para el transporte aéreo, aunque tampoco tenía mucha idea de helicópteros. La poca lluvia que caía ahora no suponía, por lo visto, ningún problema. La factura iba a ser muy dolorosa, teniendo en cuenta el presupuesto sobreexplotado, pero eso era otro cantar, ya tendrían tiempo para discutir sobre el tema.

Había que aprovechar el tiempo de espera. La iraní no iba a llegar hasta dentro de cuarenta y cinco minutos. Mientras tanto iban a probar con el rarillo del edificio vecino, el de las matrículas. Siete números correspondientes al 29 de mayo, facilitados con cierto recelo, aunque también con una nota de orgullo, al aspirante «tan poco elegante». Lo deplorable era que el policía, con toda su inexperiencia, se limitó a recabar la información y no anotó las matrículas. Aunque eran ya más de la una de la mañana, Hanne se vio en la obligación de reclamar a E un esfuerzo extra de servicio público.

Pero fue más fácil decirlo que hacerlo. Se encontraba en la central de operaciones, en la sala situada en el centro del edificio de la jefatura. Se oía un zumbido constante de actividades múltiples. Un sinfín de mensajes por radio entraban como una corriente constante y sin descanso. Provenían de los coches de guardia nocturna que patrullaban por la capital; de Fox y de Bravo, de Delta y de Charlie, dependiendo de quién era y de lo que hacía. Recibían avisos de comandos en su camino de regreso y de agentes uniformados que, de vez en cuando, llamaban internamente a algún fiscal adjunto adormilado para aclarar una detención o un registro que precisaba el derribo de una puerta. Hanne estaba sentada en la segunda fila de sillas colocadas frente al mapa. No tardó en encontrar el piso de Kristine Håverstad en el gigantesco callejero de Oslo que tenía delante. Se quedó mirando fijamente la dirección durante varios minutos. Esperó, agotada, sin fuerzas y con malos presentimientos, las respuestas del coche patrulla que se encargaba de efectuar la visita. Distraída y tensa, acabó partiendo tres lápices, que no tenían la culpa de nada.

—Fox tres-cero llamando a cero-uno.

—Cero-uno a Fox tres-cero. ¿Qué ha pasado?

—No nos deja entrar.

—¿Que no os deja entrar?

—O no está en casa, o no nos deja entrar. Nosotros nos decantamos por lo último. ¿Echamos abajo la puerta?

Todo tenía su límite. Por muy importante que fuera saber lo que Finn Håverstad había obtenido de ese imbécil, no existía la mínima base legal para entrar a la fuerza. Se le pasó por la mente, durante una décima de segundo, dejar todo el follón para después y actuar. Pero no conocía a ningún fiscal adjunto en el mundo que diera su visto bueno a una violación de la ley tan flagrante.

—No —suspiró resignada—. Intentadlo algunas veces más, llamad al timbre sin parar. Cero-uno, corto.

En un momento dado, fue como si el coche cambiara de opinión. Tras haberse opuesto tenazmente a los intentos furibundos de Kristine de ponerlo en marcha, el motor arrancó. Tardó menos de media hora en llegar.

No quería arriesgarse a que la vieran. Dos días antes, había decidido que tenía que hacerlo entre las dos y las tres de la madrugada. Todavía quedaba mucho tiempo. Mientras tanto, era crucial permanecer oculta. Quizá fuera un error salir de casa tan pronto. Por otro lado, estaba tan cerca que, si el coche, en el peor de los casos, volviera a tener otro «ataque de perentoria necesidad de castigarla», seguiría andando lo que le quedara de camino. Corriendo, no podía tardar más de dos o tres minutos hasta llegar al adosado donde vivía el hombre que la había violado.

La lluvia la hacía sentir bien. El agua formaba riachuelos que bajaban por su cuello, por el interior de su chubasquero y por debajo del jersey. En otro momento, tendría incluso una sensación de malestar, pero no ahora. Notaba el frescor, pero no tenía frío. Estaba entumecida, pero sentía un nuevo y desconocido sosiego en el cuerpo, una forma de control total y absoluto. El corazón latía con fuerza y cadencia, pero no demasiado rápido.

Ante ella se levantaba una arboleda, dividida en dos por un sendero ancho. En un claro, más o menos en el centro del pequeño bosque circular, distinguió un banco de madera. Se sentó en él. Encima de ella, el cielo ofrecía ruidos sordos y escupía rayos enfurecidos contra el suelo. El estampido de truenos fue seguido de un aparatoso estruendo a los pocos segundos de iluminarse la vegetación de color azul. Se encontraba peligrosamente cerca. El chaparrón era una bendición porque retenía a los testigos en casa. La tormenta, que debía de situarse ahora justo encima de ella, era peor, porque mantenía a la gente despierta. Pero no se podía hacer nada con el tiempo, para eso no existía ningún remedio. Se sacudió de encima la inquietud que le provocó la caída del rayo y volvió a sentirse animada y lista para llevar a cabo su cometido.

El ruidoso helicóptero se sostenía en el aire a unos quince metros del césped enlodado del estadio de Jordal Amfi. Se movía lenta y pesadamente de un lado a otro, como un péndulo colgado de la capa de nubes bajas y negras con un cable invisible. La bestia se acercaba palmo a palmo hasta el suelo.

Un policía uniformado abrió la puerta y saltó fuera antes de que el aparato se estabilizara. Se quedó encorvado, esperando un instante mientras las hélices traqueteaban amenazadoramente por encima de su cabeza. Enseguida apareció una figura ágil y diminuta, ataviada con un chubasquero rojo. Se detuvo en la puerta del helicóptero, pero el policía, impaciente, la sacó de un tirón. La agarró de la mano y juntos cruzaron el campo corriendo entre potentes ráfagas de viento y el lodo salpicándolos.

Hanne tenía muchísima prisa, pero esperó al piloto. Este salió, pálido y circunspecto.

—Nunca debí de haber aceptado esta misión —dijo.

Hanne se imaginó que el vuelo había sido todo menos agradable.

—Nos alcanzó un rayo —murmuró rendido, desde el asiento de copiloto del coche uniformado, con el motor en marcha.

El policía y la testigo iraní estaban sentados mudos en el asiento trasero. Tampoco es que necesitaran hablar. Exactamente noventa segundos después, entraron por el patio trasero de la calle Grønland 44, donde Hanne se había encargado antes de que el portón estuviera abierto para recibirlos.

El piloto y el hombre uniformado fueron por su lado. La refugiada siguió a Hanne hasta su despacho.

La subinspectora se sintió como una corredora de biathlon acercándose al puesto de tiro. Deseaba esprintar, pero sabía que debía entrar en un estado de calma total. Tuvo una súbita ocurrencia, agarró la mano de la otra mujer y la llevó en volandas por las escaleras como si fuera una niña pequeña. La mano estaba congelada y sin fuerza.

—Tiene que hablar. Tiene que hablar.

Hanne rezó una silenciosa plegaria. Era posible que Finn Håverstad estuviera durmiendo plácidamente en su cama de Volvat. Pero le habían facilitado siete números de matrícula que lo mantendrían ocupado, y hacía dos días de eso, más que suficiente para un hombre como él. La mujer iraní tenía que hablar. Esta se quedó de pie sin hacer intención de quitarse la ropa de lluvia o de sentarse. Hanne le pidió que hiciera ambas cosas, pero nada. Se acercó a ella poco a poco.

Media veinticinco centímetros más que aquella mujer de Irán y le sacaba diez años. Además era noruega y estaba de trabajo hasta arriba. Sin que se le pasara por la cabeza que el gesto pudiera ser interpretado como humillante, acercó su mano a la cara de la otra mujer. Le sujetó la barbilla, no de un modo hostil, ni brusco, sino de una manera decidida. Seguidamente acercó el rostro de la mujer al suyo.

—Escucha —dijo en voz baja, pero con una intensidad que incluso la otra mujer era capaz de entender, a pesar del idioma—. Sé que tienes miedo de alguien y que ese hombre te ha molestado. Dios sabe lo que habrá hecho. Pero puedo garantizarte una cosa: recibirá su castigo.

La mujer no intentó siquiera liberarse, solo permaneció inmóvil con el rostro hacia arriba y la mirada perdida y vacía. Los brazos colgaban laxos junto al cuerpo y el agua goteaba del impermeable rojo como un tictac.

—Estarás muerta de sueño, yo también. —No soltó el rostro de la refugiada—. Te puedo asegurar otra cosa más. No importa si…

En ese momento, le soltó la cara. Con la misma mano, se frotó los ojos y notó unas casi incontrolables ganas de llorar, no porque estuviera triste, sino porque estaba molida y convencida de que era demasiado tarde. Y porque iba a decir algo que nunca había dicho antes. Algo que había estado planeando sobre sus cabezas, como una posibilidad aplastante desde que habían descubierto la relación con los NCE ensangrentados. Pero nadie lo había dicho en voz alta.

—Aunque el hombre sea un policía, no debes temer nada de nada. Te lo prometo, no tienes ninguna razón para tener miedo.

Era medianoche y Hanne era todo lo que tenía. Estaba a punto de desplomarse y tenía hambre. Había estado tanto tiempo presa del miedo que se vio obligada a elegir. Era como si de repente se despertara un poco. Bajó la vista y observó el impermeable calado y el charco de agua en el suelo. Luego sus ojos recorrieron velozmente todo el cuarto, sorprendida, como si no supiera dónde se encontraba. Se quitó el chubasquero y se sentó con cautela en el borde de una silla.

—Él dijo que yo tengo que acostarme con él; si no, no me puedo quedar en Noruega.

—¿Quién? —preguntó Hanne en voz baja.

—Es muy difícil, no conocer nadie…

—¿Quién? —volvió a preguntar la subinspectora.

Sonó el teléfono. Hanne lo cogió con vehemencia y ladró un «diga».

—Aquí Erik.

El oficial no dudó en obedecer cuando Hanne le ordenó que fuera a su despacho. Una noche con Wilhelmsen era una noche con Hanne Wilhelmsen, daba igual dónde.

—Dos cosas: tenemos las matrículas, el hombre acabó abriendo la puerta. Además, en la casa de Finn Håverstad no hay nadie, al menos no contestan a todas las llamadas que hacen los chicos.

Lo sabía. Podía convencerse de que tal vez aquel hombre hubiera seguido su consejo de llevarse a su hija de vacaciones, pero sabía que no era el caso.

—Dame ahora mismo los nombres de los propietarios de los vehículos. Compáralos con… —Se paró en seco y fijó la mirada en una gota de agua de tamaño considerable que se estrelló y reventó contra la parte superior de la ventana. Cuando el líquido hubo resbalado hasta la mitad del cristal, siguió hablando—: Compara los nombres con gente de esta casa; empieza por la Brigada de Extranjería.

Erik no vaciló ni un segundo después de colgar. Hanne se giró hacia su testigo y descubrió que la frágil mujer lloraba en silencio, desesperada. No era buena ofreciendo consuelo a la gente. Claro que podía decirle lo afortunada que era por no haberse encontrado en casa el sábado 29 de mayo. También podía informarla de que, en caso de haber estado, estaría ahora sepultada bajo tierra en algún lugar de la región de Oslo y con el cuello rajado. No iba a ser un buen consuelo, pensó para sí, y, en vez de eso, dijo:

—Te voy a prometer varias cosas esta noche. Te juro que podrás quedarte aquí, en este país. Me encargaré de ello personalmente, incluso aunque no decidas contarme quién es ese hombre. Pero me sería muy útil si…

—Se llama Frydenberg. No sé el otro nombre.

Hanne se precipitó hacia la puerta.

Υ

Había llegado la hora de actuar. Se sentía ligero, eufórico y casi contento. Las luces que emanaban del quinto adosado llevaban más de hora y media apagadas. La tormenta fue orientando su furia hacia el este y llegaría presumiblemente a Suecia antes del amanecer.

Se detuvo a escuchar en la puerta de entrada; era innecesario, pero lo hizo como medida de precaución. Sacó una palanca de acero de uno de los bolsillos de la amplia trinchera. Estaba mojada, pero la empuñadura de goma permitió asirla con firmeza y seguridad. Tardó muy pocos segundos en forzar la puerta. «Pasmosamente simple», pensó. Apoyó la mano con suavidad contra la hoja de la puerta y esta cedió.

Entró en la casa.

Los ojos recorrieron el folio hacia abajo, siguiendo sus indicaciones. ¡Ahí!

Olaf Frydenberg, propietario de un VW Passat, con un número de matrícula observado por un tío estrambótico en un tramo de calle donde Kristine Håverstad fue violada hacía un siglo. Subinspector adjunto en la Jefatura de Policía de Oslo, Brigada de Extranjería y Documentación. Llevaba allí cuatro meses; antes había estado vinculado a la comisaría de Asker y Bærum. Domicilio: Bærum.

—¡Cuernos! —dijo Hanne—. ¡Cuernos, cuernos! Bærum.

Se giró como una centella hacia Erik.

—Llama a Asker y Bærum, mándalos a la dirección y diles que vayan armados. Avísalos de que nosotros también vamos y, por el amor de Dios, pide autorización.

Siempre se montaban unos grandes líos entre policías cuando se pisaban sus parcelas los unos a los otros. Pero ni diez fiscales iban a frenar a Hanne.

Abajo, un joven fiscal adjunto que, por si fuera poco, cumplía con su primera guardia, mostró un notorio desconcierto. Afortunadamente, se fue calmando y, sin percatarse, fue manipulado por un ponderado jefe de servicio, con academia de policía y veinte años de experiencia a sus espaldas. Hanne obtuvo su coche patrulla y un oficial uniformado de acompañante. El jefe de servicio le aseguró, por lo bajo, que se encargaría de los permisos de armas antes de que llegaran al lugar de destino.

—¿Sirenas? —preguntó el oficial de policía Audun Salomonsen.

Se sentó en el asiento del conductor sin preguntar. A Hanne no le importó.

—Sí —dijo, sin pensárselo—. Al menos, de momento.

El dormitorio estaba situado donde suele ser habitual, es decir, no en la misma planta que el salón. La entrada y el vestíbulo se encontraban en la misma planta que dos dormitorios, un baño y algo que aparentaba ser un trastero. Una escalera de pino conducía a la segunda planta, donde debían de estar el salón y la cocina.

Por alguna razón, se quitó el calzado, un gesto de consideración. Pensó que demasiado considerado, y decidió calzarse de nuevo las botas sucias. Pero estaban empapados, así que se quedaron allí.

Tuvo problemas para cerrar la puerta de entrada adecuadamente. Al forzarla, había estropeado el marco, de modo que ya no encajaba la hoja. Con mucho sigilo y sin hacer ruido, empotró la puerta de la mejor forma posible. Con aquel viento, era difícil saber cuánto tiempo iba a durar.

Los dos dormitorios estaban cerrados. Innegablemente, elegir la puerta correcta era de vital importancia. El hombre podía tener el sueño ligero.

Finn trató de deducir cuál de los dos dormitorios era el principal, teniendo en cuenta el emplazamiento de las puertas y lo que pudo imaginarse viendo la casa desde fuera. Acertó.

Una cama de matrimonio de gran tamaño, estaba hecha solo a un lado. Al otro, el edredón estaba escrupulosamente doblado tres veces, y yacía de través como una grandísima almohada. Cerca de la puerta, yacía una persona. Era imposible distinguirla, debido a que el edredón le tapaba la cabeza, excepto una parte del pelo. Era de color rubio. Cerró la puerta detrás de sí con suavidad, sacó el revólver reglamentario, lo cargó y se acercó a la cama.

Con movimientos particularmente pausados, como en una película a cámara lenta, dirigió el cañón de la pistola hacia la cabeza en la cama. De repente apretó el arma con fuerza contra algo que debía de ser la sien. Logró su efecto. El hombre se despertó e intentó incorporarse.

—¡Quédate quieto! —restalló la voz de Finn.

Era difícil saber si el tipo se volvió a echar como reacción a la orden recibida o por el hecho de que había descubierto la presencia de la pistola. En cualquier caso, ahora estaba despierto como la aurora.

—¿Qué coño pasa? —dijo, intentando parecer muy enojado.

No logró su objetivo. El pánico se adueñó de su rostro. Parpadeaba y las fosas nasales se hincharon al compás de la pesada y violenta respiración.

—Quédate inmóvil y escúchame —dijo Håverstad, con una serenidad que le sorprendió—. No te voy a hacer daño, al menos no mucho. Solo vamos a mantener una pequeña charla, tú y yo. Pero juro por la vida de mi hija que si alzas aunque solo sea un poco la voz, te pego un tiro.

El hombre de la cama fijó la mirada en el arma y luego en el asaltante. Algo en su cara le resultaba familiar, a pesar de que estaba completamente seguro de que nunca antes había visto a ese tío. Algo en los ojos.

—¿Qué coño quieres? —intentó de nuevo.

—Quiero hablar contigo. Levántate y mantén los brazos en alto. Todo el tiempo.

El hombre intentó incorporarse de nuevo, pero era difícil. La cama era baja y le habían ordenado no utilizar las manos. Finalmente, consiguió ponerse de pie.

Finn medía diez centímetros más que su víctima. Le daba la ventaja que necesitaba, ahora que el violador estaba de pie y parecía bastante menos indefenso que cuando yacía en la cama. Tenía puesto un pijama de algún tipo de algodón, sin solapa ni botones. La parte de arriba era un jersey con cuello de pico. Parecía un chándal, estaba descolorido y le quedaba un poco pequeño. El dentista dio un paso hacia atrás cuando reparó en el cuerpo musculoso debajo de la tela.

Esa leve muestra de inseguridad fue todo lo que necesitó. El violador se abalanzó sobre Håverstad y ambos se estrellaron contra la pared, situada un metro detrás. Eso decidió la pelea. Finn logró apoyarse en la pared, mientras el otro perdía el equilibrio y caía sobre una rodilla. Inmediatamente, intentó erguirse, pero fue demasiado tarde. La culata del revólver le dio encima de la oreja y se derrumbó. El dolor era intenso, pero no se desmayó. Håverstad aprovechó la ocasión para empujar al hombre arrodillado hacia la cama, donde quedó sentado de espaldas al somier de muelles, frotándose la cabeza mientras se quejaba. Pasó por encima de sus piernas sin dejar de apuntarle y cogió la almohada que se apoyaba contra los barrotes del cabecero. Antes de que pudiera reaccionar, le había atrapado el brazo, lo había tumbado contra el colchón y le había tapado con la almohada. Luego hundió la pistola en el plumón y disparó.

La detonación sonó hueca, como un leve descorche de botella. Ambos se sorprendieron. Håverstad por lo que acababa de hacer y por el escaso ruido, el otro por no sentir dolor. Pero llegó. Estaba a punto de gritar cuando la visión del cañón delante de sus narices le obligó a apretar los dientes. Contrajo el brazo contra su pecho y gimió. Chorreaba sangre.

—Ahora comprendes lo que quiero decir —susurró Håverstad.

—Soy policía —gimoteó el otro.

¿Policía? Aquella máquina destructora, inhumana y abyecta ¿era policía? Håverstad reflexionó un instante sobre qué hacer con esa información, pero la ignoró. Daba igual, nada importaba, se sentía más fuerte que nunca.

—Levántate —ordenó de nuevo.

Esta vez el policía no hizo ademán de pretender nada. Los quejidos eran débiles pero persistentes, y acató la orden de subir por las escaleras hasta la segunda planta. Håverstad procuraba caminar varios metros detrás, temiendo que el otro se tirara de espaldas.

La sala de estar estaba a oscuras y las cortinas echadas. Solo un reflejo proveniente de la cocina, la luz situada encima del horno, permitía ver algo. Håverstad le indicó que se detuviera a un lado de la escalera y encendió una lámpara de aplique que colgaba de la pared situada frente a la entrada de la cocina. Miró a su alrededor y le señaló una silla. El policía pensó que tenía que sentarse, pero fue interrumpido en su movimiento.

—¡Colócate de espaldas al dorso de la silla!

Tenía serias dificultades para mantenerse erguido. La sangre seguía brotando alegremente del brazo y su rostro empezaba a palidecer; incluso en la tenue luz del pasillo, Håverstad observó el terror en sus ojos y el sudor en la frente despejada, y eso le proporcionó un bienestar inenarrable.

—Me estoy desangrando —se quejó el policía.

—No te estás desangrando.

Era muy complicado atarlo de brazos y de piernas con una sola mano. Hubo momentos en que tuvo que usar las dos, pero sin soltar nunca el arma, que apuntaba siempre hacia el hombre. Afortunadamente, había previsto dicho problema y se había traído cuatro trozos de cuerda, cortados de antemano. Por fin, consiguió atarlo. Las piernas abiertas estaban atadas a sendas patas traseras de la silla. Tenía los brazos apresados detrás, donde acaban los reposabrazos y empezaba el respaldo. La silla no pesaba mucho y el hombre sufría por mantener el equilibrio. La postura vertical y ligeramente inclinada hacia delante hacía que pudiera caerse de bruces en cualquier momento. Håverstad cogió un televisor de gran tamaño, que descansaba encima de una pequeña vitrina con ruedas, arrancó los cables y se sirvió de él para asegurarse de que el hombre no cayera.

Entró en la cocina y empezó a abrir unos cuantos cajones. Al tercer intento, encontró lo que buscaba. Un cuchillo grande de trinchar, de fabricación finlandesa. Dejó correr el pulgar por el filo y regresó al salón.

El hombre se había desplomado y colgaba como una marioneta muerta. Las cuerdas impedían que se cayera al suelo y se había quedado sentado en una posición absurda, casi cómica; las piernas separadas, las rodillas flexionadas y los brazos flexionados. Håverstad acercó una silla y se sentó frente a él.

—¿Te acuerdas de lo que hiciste el 29 de mayo?

El hombre mostraba una manifiesta ignorancia.

—¿Por la noche? ¿El sábado, hace una semana?

El policía descifró lo que le había parecido reconocer en el hombre. Los ojos. «La tía de Homansbyen.»

Hasta ese momento, había pasado mucho miedo, temía por la herida de su brazo, y tenía miedo de ese tío grotesco que hallaba un placer perverso en torturarlo. Pero no pensaba que iba a morir. Hasta entonces.

—Tranquilo —dijo Håverstad—. Todavía no te voy a matar, solo vamos a hablar un poco, tú y yo.

Se levantó y lo agarró por el jersey. Metió el cuchillo debajo de la prenda y rajó el pijama de dentro hacia fuera, con lo que convirtió el jersey en una suerte de chaqueta. Un harapo de chaqueta. A continuación, atrapó el pantalón con una mano y con la otra seccionó la goma. La parte de abajo del pijama cayó y se detuvo a la altura de medio muslo, debido a la abertura de las piernas. El hombre estaba desnudo e indefenso.

Finn volvió a sentarse en la silla.

—Ahora vamos a hablar —dijo, con la pistola austriaca en una mano y el cuchillo de cocina finés en la otra.

Aunque, en un principio, tenía pensado esperar otra media hora, se levantó y empezó a caminar. Esperar se había convertido en una pesadilla.

Tardó menos tiempo de lo previsto. Tras un minuto escaso a paso ligero, se incorporó a la calle que pasaba por delante de la casa del violador. Parecía deshabitada. Frenó la marcha, empezó a tiritar y se encaminó hacia la casa.

—Apaga las sirenas.

Se encontraban bastante más allá de su propio término municipal. Salomonsen era un conductor ducho. Incluso por esas carreteras secundarias con cruces cada veinte metros, conducía con velocidad y presteza, sin demasiados patinazos ni esfuerzo. La mujer le hizo un rápido relato de la situación y, a través de la radio, les llegó el permiso para el uso de armas.

Observó los dígitos luminosos del salpicadero, eran casi las dos.

—Pero no levantes el pie del acelerador —dijo Hanne.

—Realmente, ¿tienes idea de lo que has hecho?

El policía, atado en su propio salón, tenía una ligera sospecha. Había cometido una terrible equivocación, nunca tenía que haber ocurrido. Había metido la pata, hasta un punto insospechado. Le quedaba el consuelo de saber que nadie jamás se había vengado de esa manera.

Al menos, no en Noruega, pensó. Nunca en Noruega.

—Has destrozado a mi hija —bramó el hombre, que se sentó en el borde de la silla para acercarse—. ¡Has destrozado y violado a mi pequeña!

La punta del cuchillo rozó las partes íntimas del violador, que soltó un quejido, temeroso.

—Ahora tienes miedo —le susurró, jugueteando con el cuchillo alrededor de su ingle—. A lo mejor tienes tanto miedo como tuvo mi hija, pero eso no te importó mucho.

Ya no pudo reprimirse. Respiró hondo y exhaló un chillido estridente, capaz de despertar a los muertos.

Finn se abalanzó sobre él y movió el cuchillo de abajo hacia arriba, en un arco desde atrás que unió fuerza y velocidad. La punta alcanzó la horcajadura del hombre, se hundió hasta horadar los testículos, perforó la musculatura a la altura de la ingle y subió por la cavidad peritoneal, donde la punta se detuvo en una arteria principal.

El alarido cesó tan de repente como se inició. Se hizo un silencio escalofriante. El violador se desplomó del todo. La silla amenazaba con volcarse hacia delante, a pesar del peso del televisor encajado en el asiento.

Alguien subió corriendo por las escaleras. Finn se giró poco a poco cuando oyó los pasos, un tanto sorprendido por lo rápido que habían reaccionado los vecinos. Y entonces la vio.

Ninguno de los dos dijo nada. Kristine se arrojó de repente sobre él. Su padre, creyendo que lo iba a abrazar, abrió y extendió los brazos. Finn perdió el equilibrio. Ella le arañó el brazo intentando coger la pistola. El arma cayó al suelo. Kristine la atrapó antes de que él lograra levantarse.

Era mucho más corpulento que ella e infinitamente más fuerte. Sin embargo, no pudo evitar que el revólver se disparara en el momento en que la cogió del brazo firmemente, aunque no demasiado fuerte, para no lastimarla. El estallido hizo que se sobresaltaran. Del susto, ella soltó la pistola, y él soltó a su hija. Se quedaron durante unos segundos mirándose. Finalmente, Kristine empuñó el mango del cuchillo, que asomaba de la entre-pierna del violador, como si fuera una suerte de extraño y pétreo pene de reserva. Al sacar el cuchillo, la sangre manó a borbotones.

Hanne y Audun se extrañaron de no ver a sus colegas de Asker y Bærum en el lugar que habían convenido. La calle dormía en la oscuridad y el silencio de la noche, sin las esperadas luces azules. El coche se detuvo en seco delante del adosado. Cuando subían corriendo hacia la entrada, oyeron las sirenas de la Policía a pocas manzanas de distancia.

La puerta había sido forzada y estaba abierta de par en par. Llegaban demasiado tarde.

Cuando Hanne subió las escaleras, se topó con una imagen que supo que la perseguiría para siempre.

Atado a una silla, con los brazos hacia atrás, las piernas muy separadas y el mentón pegado al pecho, colgaba su colega Olaf Frydenberg. Estaba casi desnudo y parecía una rana. Del bajo vientre manaba un riachuelo de sangre que desembocaba en un creciente charco entre sus piernas. Antes de comprobarlo, supo que estaba muerto.

Aun así, siguió apuntando, aferrando la pistola con las dos manos. Señaló una esquina de la sala de estar y mandó a Kristine y a su padre alejarse de la víctima. Acataron la orden ipso facto, mirando al suelo como dos niños obedientes.

No halló el pulso de la víctima. Levantó el párpado y el globo ocular la observó fijamente, con una mirada muerta y vacía. Desató las cuerdas alrededor de las muñecas y de los tobillos.

—Vamos a intentar reanimarlo —dijo, obstinada, a su colega—. Ve por el equipo de primeros auxilios.

—Yo lo hice —irrumpió Finn de repente, desde su esquina del salón.

—¡Fui yo! —La voz de Kristine resonó como furiosa.

—¡Miente! ¡Fui yo!

Hanne se giró para escrutarlos mejor. No sintió enfado, ni siquiera decepción; solo una inmensa y abrumadora tristeza.

Tenían la misma expresión que el primer día, cuando ambos se sentaron en su despacho. Era un aire de impotencia y aflicción que, ahora también, parecía más acentuada en el gigantón que en su hija.

Kristine seguía sosteniendo el cuchillo en la mano; su padre, la pistola.

—Dejad las armas —les pidió con cierta amabilidad—. ¡Allí!

Señaló una mesa de cristal junto a la ventana. Acto seguido, Salomonsen y ella intentaron reanimar a aquel hombre que yacía en la silla. Fue inútil.

Jueves, 10 de junio

*E*l tiempo volvía a ser normal. Por fin. Una nubosidad ligera y propia de la época cubría parte del cielo de Oslo y la temperatura rondaba los quince grados habituales del mes de junio. Todo estaba en su sitio y la población se alegraba de que los daños provocados por el temporal no fueran tan cuantiosos como habían temido el día anterior.

Hanne permanecía sentada en el comedor de la jefatura de la calle Grønland. Estaba más pálida que todos los demás. Sentía náuseas. Había perdido dos noches de sueño en cuatro días. Pronto regresaría a casa. El jefe de sección exigió que se mantuviera lejos hasta pasado el fin de semana, como poco. Además le pidió que solicitara el puesto de inspectora, algo que, decididamente, no pensaba hacer. Al menos aquel día. Quería irse a casa.

Håkon, en cambio, se mostró inusualmente satisfecho. Estaba inmerso en sus pensamientos y sonreía, pero salió de su ensimismamiento cuando se percató de que Hanne estaba más cerca de un desplome físico de lo que jamás había visto.

El comedor estaba situado en la séptima planta y gozaba de unas vistas increíbles. En la parte más remota del fiordo de Oslo, un transbordador danés se aproximaba al muelle, repleto de pensionistas con el equipaje clandestinamente lleno de embutido danés y jamón cocido barato. El césped del exterior de la casa arqueada ya no estaba tan atiborrado de gente, solo algún que otro optimista que vigilaba el cielo, esperando a que retornara pronto el sol.

—Un día tenía que ser el primero —dijo Hanne, frotándose

los ojos—. Fallando como lo estamos haciendo, era solo una cuestión de tiempo antes de que alguien se tomara la justicia por su mano. Lo jodido es que… —Sacudió la cabeza—. Lo jodido es que los entiendo.

Håkon la observó con más detenimiento. El pelo estaba sin lavar, los ojos seguían siendo azules, pero el círculo negro alrededor del iris parecía haber crecido, como si hubiera comido terreno a la pupila. Tenía la cara hinchada y el labio inferior estaba reventado en el centro, donde un hilito de sangre coagulada partía el labio en dos.

Con los ojos entreabiertos para protegerse de la blanca luz de junio, siguió el barco danés. Había tantas preguntas sin respuestas… Ojalá hubiese llegado a la casa de Bærum solo cinco minutos antes. Cinco minutos, nada más.

—Por ejemplo, ¿de dónde sacó toda esa sangre?

Håkon alzó los hombros desinteresadamente.

—Estoy absorto en otra cosa muy distinta —contestó, clavándole una mirada taimada y expectante, con la esperanza de que la subinspectora le preguntara en qué.

Pero Hanne estaba sumida en sus propios pensamientos y el buque danés empezaba a tener problemas con una pequeña embarcación que parecía insistir en que tenía prioridad en el paso. Lo cierto es que no oyó lo que dijo.

—Seguramente saldrán libres —soltó, elevando el tono y con una pizca de amargura por la falta de interés de Hanne—. ¡Es muy probable que no podamos presentar una acusación contra ninguno de los dos!

Dio resultado. Hanne dejó que el transbordador danés se las arreglara solo y se giró hacia él. La mirada denotaba escepticismo.

—¿Qué has dicho? ¿Que van a salir libres?

Kristine y su padre estaban bajo arresto, habían asesinado a una persona. Ninguno de los dos había intentado librarse de su responsabilidad. Incluso insistían en ello. Además los habían pillado in fraganti, solo cinco minutos después del crimen.

Por supuesto que no saldrían de esa. Hanne bostezó. Håkon, que había dormido bien y profundamente en su propia cama durante ocho horas y, por consiguiente, había tenido tiempo y fuerzas para repasar el caso, y que, además, lo había discutido con varios colegas esa mañana temprano, estaba en plena forma.

—Los dos afirman haberlo hecho solos —dijo, y tomó un trago del agrio café del comedor—. Los dos se autoinculpan, cada uno por su lado. Niegan rotundamente haberlo hecho juntos. Por lo que sabemos hasta ahora, parece que esto último es cierto. Llegaron en sendos coches y aparcaron en lugares distintos. Además, Kristine intentó crear una coartada.

Sonreía pensando en el chaval, llamado a declarar en un estado que Håkon esperaba no experimentar nunca. El estudiante había vomitado dos veces durante la primera media hora del interrogatorio.

—Pero ¡no entiendo dónde está el problema, Håkon! No existe la menor duda de que uno de los dos lo hizo y que al otro se le puede culpar de complicidad, ¿no?

—Pues el hecho es que no. Ambos aportan historias que son perfectamente compatibles con los datos de los que disponemos. Ambos afirman haber matado al hombre y que el otro llegó justo después. Según las declaraciones provisionales, las huellas de los dos aparecerán tanto en el cuchillo como en la pistola. Ambos tienen un móvil y ambos han tenido la posibilidad de perpetrarlo. Los dos presentan marcas en la mano derecha, como si hubieran apretado el gatillo. ¿Quién disparó al techo y quién disparó al hombre? No se ponen de acuerdo. Entonces, mi querida subinspectora…

Sonrió, y ella no tuvo fuerzas para reprenderlo.

—Entonces tenemos un problema bastante clásico. Para poder juzgar y condenar, debe poder probarse, más allá de una duda razonable, quien fue el que perpetró el crimen. ¡El cincuenta por ciento no es suficiente! ¡Genial!

Abrió los brazos de par en par y se rio a carcajadas. La gente los miraba, pero le daba igual. En vez de eso, se levantó y colocó la silla junto a la mesa. Se quedó de pie y se inclinó, apoyándose en la mesa con las manos en el respaldo de la silla.

—Es demasiado pronto para sacar conclusiones definitivas, quedan todavía muchas pesquisas por realizar. Pero, si no me equivoco, ¡la mujer de bronce de mi despacho estará ahora mismo descojonada de risa! —El fiscal adjunto de la Policía dibujó él mismo una sonrisa de oreja a oreja—. Ah, y otra cosa más. —Miró tímidamente a la mesa y Hanne apreció un ligero rubor en su rostro—. La cena de mañana…

Hanne lo había olvidado por completo.

—Por desgracia, tengo que declinar la invitación —dijo él.

El día estaba lleno de sorpresas.

—No importa —le contestó con inesperada rapidez—. Lo dejamos para más adelante, ¿vale?

Él asintió, pero no parecía querer irse.

—Voy a ser padre —soltó finalmente; tenía las orejas ardiendo—. ¡Voy a ser padre estas Navidades! Karen y yo lo vamos a festejar este fin de semana, nos vamos de viaje. Siento que…

—¡Ningún problema, Håkon! ¡En absoluto! ¡Felicidades!

Lo abrazó y permanecieron así un buen rato.

¡Vaya día!

Cuando llegó a su despacho, descolgó el teléfono sin vacilar. Sin pensárselo mucho, marcó un número interno.

—¿Estás ocupado mañana, Billy T.?

—Tengo a los chicos conmigo este fin de semana, iré a buscarlos a las cinco. ¿Por qué me lo preguntas?

—¿Quieres traértelos y venir a comer a mi casa y a la de…?

¡Vaya por Dios!, no conseguía pronunciar su nombre. Él la sacó del apuro.

—Son tres, y tienen tres, cuatro y cinco años —advirtió.

—Eso no es ningún problema. Ven a las seis.

Llamó a Cecilie a su trabajo y la avisó de que era mejor modificar el menú. Tenían que ser espaguetis y había que comprar muchos refrescos.

La sensación que la embargó al colgar el teléfono la trastornó casi más que todo lo acontecido durante los dos últimos y dramáticos días.

¡Estaba ilusionada!

Anne Holt

Anne Holt (1958, Larvik, Noruega) es una de las escritoras de novela policíaca más apreciadas y de mayor éxito en Escandinavia, con ventas que superan los cuatro millones de ejemplares.

Periodista, abogada, apoderada de la policía y ministra de Justicia de Noruega, Holt debutó como escritora en 1993 con la obra *La diosa ciega*.

En 1994 ganó el Premio Riverton, el más prestigioso de novela policíaca noruega, y en ese mismo país en 1995 el Premio de los Libreros.

Asimismo es autora de *Crepúsculo en Oslo*, *La diosa ciega* y *Una mañana de mayo*, títulos publicados en esta misma colección.

Actualmente, Holt vive en Oslo con su esposa e hija.